힘들 땐 잠깐
쉬었다 가도 괜찮아

힘들 땐 잠깐

쉬었다 가도
괜찮아

김옥림 지음

오늘

행복해지고 싶은

당신에게

MIRAE
BOOK

꽃이 아름다운 건
향기가 있기 때문이듯
그대가 내 마음을 사로잡은 것은
자신보다 더 나를 사랑하기 때문입니다.

– 〈내 마음의 꽃〉 중에

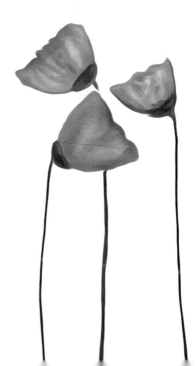

먼 길을 가기 위해서는
서두르지 말고 천천히 가라

지금 전 세계는 코로나바이러스로 인해 패닉 상태에 빠졌습니다. 자타가 인정하는 세계 최강국인 미국조차 코로나바이러스 앞에 어쩔 줄을 몰라 합니다. 우주산업을 선도하는 최첨단 과학기술과 의료시스템을 갖춘 미국이 눈에 보이지도 않는 바이러스 앞에 속수무책입니다. 전 세계적으로 이천만 명을 넘어선 코로나바이러스 확진자가 발생하고, 수십만 명이 넘는 소중한 생명이 하루아침에 목숨을 잃었습니다. 그리고 지금도 계속 진행되고 있습니다.

특히 선진국이라고 하는 영국, 프랑스, 독일, 이탈리아, 스페인을 비롯한 유럽 국가는 코로나바이러스에 일상이 완전히 초토화되어 삶이 마비가 되었고, 이는 아시아, 북미, 중남미, 아프리카, 오스트레일리아 대륙도 마찬가지입니다.

죽음의 공포에 빠진 사람들은 사재기를 하고, 서로가 먼저 사려고 싸움을 하는 등 상식 이하의 동물적 행동도 불사합니다. 추악한 인간의 본능을 보는 것 같아 마음이 편치 않습니다.

감염을 막기 위한 방책인 사회적 거리 두기로 인해 사람들로 북적이던 거리는 인적이 끊기고, 경제가 마비됨으로써 수많은 사람들이 생계의 위협에 직면해 있습니다. 사람들의 얼굴에선 웃음이 사라지고, 두려움과 공포로 가득 차 있습니다.

코로나바이러스 발생 이전의 세상과 이후의 세상은 인간의 의지와는 상관없이 완전히 변해버리고 말았습니다.

하루속히 코로나바이러스를 퇴치하지 않으면 지금껏 상상도 할 수 없었던 불미스러운 일이 벌어질지도 모릅니다. 생각만으로도 몸서리가 쳐지고 정신이 아찔해집니다.

이 모두가 인간의 무지와 탐욕이 빚은 결과이고 보면 모든 책임은 곧 우리 인간에게 있는 것입니다. 더 잘 먹고 잘살기 위해 유해물질을 내보내 공기를 오염시키고, 강과 바다를 오염시키고, 자연을 훼손하는 일을 서슴지 않았습니다.

참다 못한 자연은 누차 우리 인간을 향해 경고해 왔습니다. 무시로 지진과 해일이 일어나고, 한여름에 눈이 오고, 한겨울엔 홍수가 나는 등 기후는 예측하지 못할 만큼 변화무쌍합니다.

무분별한 개발로 서식지를 잃은 동물들이 사람들이 사는 마을로 들어와 쓰레기통을 뒤지고, 사람을 해치는 등 언제 무슨 일이 일어날지 예측을 불허합니다.

그런데도 인간들은 이를 무시하고 자연이 싫어하는 짓만 골라 합니다. 마치 오늘만 잘 먹고 잘살면 그만이라는 듯 탐욕을 멈추지 않습니다.

지금 멈추지 않으면 안 됩니다. 세계인이 한마음이 되어 망가진 자연을 복원하는 일에 최선을 다해야 합니다. 이를 방치한다면 코로나바이러스보다 더 강력한 바이러스들이 창궐하게 되고, 그로 인해 걷잡을 수 없는 불행에 빠지게 됨으로써 지구는 운명을 다하게 될 것입니다.

코로나바이러스는 우리가 아무렇지도 않게 여겼던 소소한 일상이 얼마나 행복한 일인지를 깨닫게 합니다. 우리가 너무도 당연하게 여겼던 일상이 얼마나 감사한 일인지를 뼈에 사무치게 합니다. 우리가 습관처럼 내뱉던 불평불만이 얼마나 무익하고 어처구니없던 것인지를 잘 알게 합니다.

맑은 공기를 마시고 푸른 하늘 아래에서 하고 싶은 일을 하며 산다는 것이 얼마나 큰 축복인지를 가슴 깊이 깨닫습니다.

지금 우리 국민은 초조함과 불안에서 오는 두려움과 공포에 싸여 있습니다. 사회적 거리 두기로 인해 몸은 지치고 마음은 거칠게 메말라 있습니다. 이럴 때일수록 마음을 잘 다스려야 합니다. 그렇지 않으면 마음이 병들게 되고, 그로 인해 불행에 빠지게 됩니다.

이를 막기 위해서는 지치고 불안한 마음을 어루만져 마음을 평안하게 해야 합니다. 묵상을 하고, 기도를 하고, 될 수 있으면 좋은 생각을 하고 희망적인 생각을 해야 합니다.

지치고 불안한 마음을 위로하고 평안하게 하기 위해서는 무엇보다 마음을 따뜻하게 하고 단단하게 해 주는 '좋은 글'을 읽어야 합니다. 좋은 글은 그 어떤 보약보다도 '마음'과 '정신'을 건강하게 합니다. 좋은 글에는 긍정의 에너지가 있어 사람의 마음을 초조와 불안으로부터 빠져 나오게 합니다.

또한 '마음'을 '방역'하여 마음 근육을 탄탄하게 함으로써 웬만한 일엔 마음이 흔들리지 않게 합니다. 좋은 글은 '힘'이 세기 때문입니다.

코로나바이러스를 물리치기 위해 방역을 하듯, 지치고 불안하고 힘든 마음으로부터 자신을 지켜내기 위해서는 '마음 방역'을 해야 합니다. 마음 방역이 잘된 사람은 그 어떤 위기에서도 자신을 지켜낼 수 있습니다.

좋은 글은 마음을 방역하는 데 있어 아주 훌륭한 '마음 백신'입니다.

코로나바이러스를 반드시 이겨내고 우리는 마음을 새롭게 다져야 합니다. 그리고 지금껏 살아왔던 삶의 방식을 이젠 바꿔야 합니다. 남을 밟고서라도 잘되겠다는 고약한 마음도, 나만 잘되면 그만이라는 식의 독불장군 같은 마음도, 남에게 상처 주는 일도 서슴지 않았던 이기적인 마음도 다 내려놓아야 합니다.

그리고 무엇이든 빨리빨리를 외치던 삶의 패턴도 천천히, 단순하게 바꿔야 합니다. 우리 인생길은 빨리 간다고 해서 빨리 가지는 것도 아니고, 또 빨리 간다고 크게 달라지는 것도 없습니다. 도리어 지치고 힘만 들게 됨으로써 삶이 흔들리고 종내는 망가지고 맙니다.

우리가 가는 '인생의 종착지'는 멀고 먼 길입니다. 그 길을 잘 가기 위해서는 서두르지 말고 순리에 따라야 합니다. 이에 대해 공자는 이렇게 말했습니다.

"등에 무거운 짐을 지고 먼 길을 가는 것이 인생이다. 그러기에 인생을 서두르지 말고 천천히 가야 한다."

공자의 말은 '인생의 본질'을 함축적으로 잘 보여 줍니다.

그렇습니다. 자신에게 주어진 인생을 온전히 살기 위해서는 서둘러서는 안 됩니다. 급히 먹는 밥에 체하듯, 서두르다 보면 인생 또한 삶의 체증에 걸려 원치 않는 결과로 고통받게 됩니다.

지혜롭게 인생을 살기 위해서는 물처럼 흐르듯 살아야 합니다. 물은 높은 곳에서 낮은 곳으로 흐르고, 막히는 곳은 물길을 따라 돌아서 흐르고, 서두르는 법이 없이 천천히 흘러갑니다. 결코 무리를 하거나 순리를 벗어나지 않습니다.

우리 인생의 모든 문제의 원인은 순리를 벗어나 무리를 가함으로써 빚어진 결과입니다. 일에도 순서가 있는데 이를 무시하고 급히 서두른다거나, 해서는 안 되는 일을 억지로 감행한다거나 하는 것은 문제를 일으키는 주된 요인이지요.

이런 일은 대개 남보다 먼저 좋은 결과를 내기 위한 욕심에서 빚어지게 되지요. 그리고 남과 비교함으로써 자신을 더 돋보이게 하려다 보니 남에게 자신의 가치 기준을 맞추는 까닭입니다.

남과의 비교는 긍정적인 면도 있지만 부정적인 면이 훨씬 더 큽니다. 이런 잘못된 생각에서 벗어나기 위해서는 자신의 인생을 남과 비교하여 맞추려고 하지 말고, 자신에게 맞게 스스로 정하면 됩니다. 맞추려고 하니까 무리하게 되고 급히 서두르게 됨으로써 문제가 되는 것입니다.

자신의 인생을 즐겁게 살고 싶다면 누구의 눈치도 보지 말고, 비교도 하지 마세요. 나는 나니까 내게 맞게 정하면 그게 '내 인생의 정답'이 됩니다.

그렇습니다. 인생의 모든 기쁨과 즐거움, 슬픔과 괴로움은 자기 자신에게 달린 것입니다.

이에 대해 프랑스의 사실주의 작가인 모파상은 이렇게 말했습니다.

"인생이란 사람들이 생각하는 것처럼 그렇게 즐거운 것이 아니다. 즐거운 것도 나쁜 것도 오직 자신에게 달려 있다."

옳은 말입니다. 자신이 즐겁게 살고 싶다면 자신을 즐겁게 하면 됩니다. 남의 것을 부러워하고 따라가려고 하니 고통을 느끼게 되고 즐거움을 잃게 되는 것입니다.

이 책에는 마음을 평안하게 해 주는 잠언과 슬기롭고 현명하게 사는 데 도움이 되는 명쾌한 단상과, 아름다운 사랑과 행복한 마음을 갖게 하는 따뜻하고 잔잔한 에세이 등 해맑고 산뜻한 다양한 글들이 눈을 반짝이며 읽어 주길 기다리고 있습니다.

이 책을 읽고 나면 마음의 평안을 얻게 되고, 힘들고 어려운 상황에서도 자신을 잘 지켜내며, 자신만의 인생에 가치를 두고 살아가게 될 것입니다.

인생이란 등에 무거운 짐을 지고 먼 길을 가는 것입니다.

즐겁고 행복하게 살고 싶다면 절대 무리하거나 서두르지 마세요. 천천히, 단순히, 맑고, 향기롭게 순리대로 살아가기 바랍니다.

이 책을 대하는 모든 분들에게 늘 평안과 행운이 함께 하길 기원합니다.

김옥림

Contents

Chapter 1 　　　　　힘들 땐 잠깐 ── 쉬었다 가도 괜찮아

Chapter 2 아무렇지도 않게 ―― 행복한 날

Chapter 3 나를 만나는 ―― 시간

멈춤, 그 아름다운 ──미덕

등에
무거운 짐을 지고
먼 길을 가는 것이 인생이다.

그러기에
인생을 서두르지 말고
천천히 가야 한다.

_공자

힘들 땐 잠깐
쉬었다 가도 괜찮아

차 한 잔 하실래요?

"차 한 잔 하실래요?"

이런 말을 들으면 어떤 생각이 드나요. 아마 대개는 가슴이 환하게 열리며 마음이 따뜻해지는 걸 느끼게 될 것입니다.

이 말에는 여러 의미가 담겨 있습니다. '같이 차 한 잔 하면서 이야기를 나눴으면 해요.', '당신에게 할 말이 있는데요.' 혹은 부탁이 있을 때 자연스럽게 꺼내는 말이기도 하지요.

저 역시 누군가로부터 "차 한 잔 하실래요?"라는 말을 들으면 마음이 따뜻해짐을 느낍니다. 차 한 잔 하자는 말 속에는 함께 이야기를 나누고 싶다는 상대의 따뜻한 마음이 들어 있기 때문이지요.

또한 모르는 사이에 용무가 있을 때 "차 한 잔 하시겠습니까?"라는 말은 경직된 분위기를 부드럽게 만들어 주지요.

이처럼 한 잔의 차는 마음을 나누거나 분위기를 자연스럽게 하는 매개체로 아주 그만이지요.

"차 한 잔 하실래요?"

오늘 당신은 누군가로부터 이 말을 들어보았나요? 아니면 누군가에게 말했나요? 이런 말을 많이 듣고 많이 한다는 것은 그만큼 인간관계가 좋다는 것을 의미하지요.

한 잔의 차는 나눔이며, 사랑이며, 따뜻함이랍니다.

저, 합격했어요

20대 여성 독자로부터 메일을 받은 적이 있습니다. 교사 임용고시에 근소한 차이로 떨어져 답답한 마음에 메일을 썼다고 했습니다. 나는 그녀를 위로하며 용기를 주어야겠다는 마음에 읽고 쓰던 일을 멈추고 답장을 쓰기 시작했습니다.

먼저 많은 고민이 되겠다고 위로를 한 후 교사 임용고시 경쟁률이 높다 보니, 그리고 응시생들의 실력이 비슷하다 보니 근소한 차이로 합격, 불합격의 희비가 엇갈릴 거라고 말했지요.

그녀는 대학교 4학년 2학기 때와 대학 졸업 후 시험을 보았다고 했습니다. 나는 일반 공무원 응시생이 보편적으로 합격할 때까지 걸리는 평균 시험 준비기간에 비하면 지극히 짧은 시험 준비기간이 아닐까 생각한다며 모든 것은 다 때가 있다고 말했지요.

그리고 근소한 차이로 합격한 사람들은 그녀보다 더 오랫동안 시험 준비를 한 사람들일 거라고 한 뒤, 그녀보다 더 잠을 줄여가며 공부를 한 이들도 있을 거라고 말했지요. 또한 합격에 대한 열정과 의지가 더 강한 이들일 수도 있을 거라고 말했습니다.

그리고 아직 나이가 있으니까 지금부터 3년 안에 합격할 목표를 갖고 오직 시험 준비에만 올인했으면 한다고 말했지요. 그러면 충분히 합격할 수 있을 거라고 말해 주었습니다.

이것이 지금 내가 그녀에게 해 줄 수 있는 최선의 조언이라고 생각한다고 말하며, 좋은 소식이 있으면 함께 기뻐하고 축하할 테니 꼭 연락달라고 했지요.

그로부터 1년여가 지난 2월의 어느 날, 그녀로부터 중등교사 임용고시에 합격했다는 메일을 받고 얼마나 기뻤는지 모릅니다.

나는 곧바로 합격을 축하한다는 말과 함께 가르친다는 것은 참으로 중대한 일이니, 아이들에게 학업뿐만 아니라 인성을 소중히 여겨 가르친다면 좋은 교사가 될 거라는 축복의 말과 훌륭한 교사로서 꿈을 활짝 펼치기를 응원한다는 메일을 써서 보냈습니다.

메일을 보내고 나자 가슴이 참 따뜻해졌습니다. 비록 한 번도 본 적은 없지만 내 독자라는 이유만으로도 소중한 가족처럼 여겨져 그녀가 누구에게나 칭송받는 좋은 교사가 되기를 기도했습니다.

새해 들어 귀한 선물을 받은 것만 같아 너무도 가슴이 뿌듯하고 행복했습니다.

풀꽃

2019년 3월 어느 날 아침, 베란다 문을 열다 뜻밖의 것을 발견했습니다. 베란다 바깥 난간의 작은 틈 사이에 작고 여린 풀꽃이 피어 있었습니다.

"아니, 풀꽃이 언제 피었지? 베란다 난간에 어떻게 뿌리를 내렸을까?"

나는 흙도 없는 베란다 난간에서 풀꽃이 자랐다는 사실에 흥분을 가라앉히지 못하고 연신 감탄을 쏟아냈습니다. 내가 사는 아파트는 6층인데다 그것도 난간에 뿌리를 내리다니 참으로 감동적이었습니다.

풀씨가 바람에 날아와 베란다 난간에 쌓인 흙에 싹을 틔웠든가, 바람에 날려 온 흙에 풀씨가 들어 있었든가, 둘 중 하나가 아닐까 생각해 보았습니다. 이유야 어쨌든 풀꽃의 강한 생명력에 깊은 희열을 느끼며 가슴이 따뜻해져 왔습니다.

나는 스마트 폰으로 풀꽃을 찍었습니다. 이 아름답고 감동적인 순간을 사진으로 남겨 두고두고 기억하고 싶었습니다. 그날은 풀꽃이 가져다 준 기쁨에 참 행복했습니다.

그다음 날, 나는 자리에서 일어나자마자 베란다로 나가 풀꽃이 잘 있나 보았습니다. 밤새도록 강풍이 불고 비가 내렸기 때문입니다. 내 걱정과는 달리 풀꽃은 아침햇살을 받아 맑게 빛났습니다.

반가운 마음에 "풀꽃아, 안녕!" 하고 인사를 했습니다. 풀꽃도 내 말을 알아들었다는 듯 몸을 가늘게 흔들며 반겨 주었습니다. 나는 베란다에 쪼그리고 앉아 풀꽃을 가만가만 쓰다듬어 주었습니다. 아기 볼처럼 보드라운 풀꽃이 더 사랑스러워졌습니다.

"풀꽃아, 강한 비바람과 맞서서도 이처럼 우뚝한 걸 보니 참 예쁘고 고맙다. 오늘도 즐겁게 지내자."

나는 이렇게 말해 주고는 방으로 들어왔습니다.

그날 이후 한 달이 넘도록 풀꽃은 아무 일 없이 잘 자랐습니다. 나는 매일매일 풀꽃을 보는 즐거움으로 지냈습니다. 그러는 사이 풀꽃은 키가 많이 자랐고, 키가 자란 만큼 풀꽃과 정이 들었습니다.

나는 마음을 열고 대하면 풀꽃 같은 식물과도 듬뿍 정이 든다는 사실을 다시금 깨달았습니다.

무엇보다 고마운 것은 영하로 떨어진 꽃샘추위의 심술에도 꿋꿋하게 버텨냈다는 사실입니다. 그게 그렇게도 대견하고 사랑스러울 수가 없었습니다.

나는 풀꽃의 사랑스러움과 대견함을 〈풀꽃〉이란 시로 썼습니다.

아파트 베란다 바깥쪽 난간 틈 사이로
작은 풀꽃이 피었다.

바람에 날려 와 쌓인 흙에
뿌리를 내린
풀꽃의 저 뜨거운 만개滿開를 보라.

누가 풀꽃을 여리다고 했는가.

비바람 맞으며
꽃샘추위를 견뎌내고
꿋꿋하게 싹을 틔우고 꽃을 피워 올린,

풀꽃의 저 찬란하게 빛나는 생명력!

그것은 하나의
거룩한 종교며, 삶이며, 신념이며, 철학이다.

　풀꽃은 더 이상 작고 여린 풀꽃이 아니었습니다. 풀꽃은 내게 있어 하나의 거룩한 종교며, 삶이며, 신념이며, 철학이었습니다.
　나는 나에게 생명의 존엄성과 행복을 선물해 준 풀꽃이 고마워 입을 맞추고 두 손으로 어루만지며 이렇게 말했습니다.

"풀꽃아, 나를 찾아와 줘서 정말 고맙다. 너로 인해 참 행복했단다. 내년에도 우리 기쁘게 다시 만나자."

"네, 그럴게요. 저를 사랑하고 예뻐해 주셔서 참 감사했어요. 건강하고 행복하세요. 우리 내년에 다시 또 만나요."

내 말에 풀꽃이 이렇게 대답하며 환히 웃는 듯했습니다. 내 입가에도 잔잔한 미소가 피어났습니다.

작가님, 꼭 행복하세요

어느 날 인터넷방송 매니저라는 사람으로부터 메일을 받았습니다. 내 책《법정 마음의 온도》를 방송에 사용하고 싶은데 저작물 사용료에 대해 알고 싶다고 했습니다. 그래서 나는 영리를 목적으로 하는 방송인지에 대한 물음과 저작물을 무료로 사용하기를 원하는지, 아니면 저작물 사용료를 내고 사용하려는 것인지에 대한 메일을 보냈습니다.

그러자 영리를 목적으로 하지만 아직은 방송 수익이 적은 편이라고 말하며, 무료로 사용이 가능하다면 감사드리겠다고 한 뒤, 무료가 안 되면 저작물 사용료를 어느 정도 지불해야 하는지 물었습니다.

아직 방송 수익이 적다고 해서 최소의 저작물 사용료를 제시했더니 그마저도 지불할 입장이 못 돼, 아쉽지만 나중에 형편이 되면 그때 저작물 사용료를 내고 사용하겠다는 메일을 보내왔습니다. 그러면서 너무도 아쉬워했습니다.

방송에 사용하고 싶은데 소액의 저작물 사용료도 내지 못하는 그 마음이 너무도 안쓰러워 무료로 사용하는 대신 작가의 명예가 훼손되지 않도록 해 달라는 말과 앞으로 수익을 내는 좋은 방송이 되기를 응원한다는 말을 덧붙여 메일을 보냈습니다. 그랬더니 정말 감사하다며 앞으로 방송을 잘해서 수익이 나면 그땐 저작물 사용료를 내고 사용하겠다는 메일을 보내왔습니다.

며칠 후 이번엔 방송 진행자가 메일을 보내왔습니다. 무료로 사용하게 해 준 것에 대해 감사하다는 말과 시청자들과 의미 있는 시간을 보내도록 하겠다며 "작가님, 꼭 행복하세요."라는 말을 전했습니다. 나는 앞으로 책임감을 갖고 좋은 방송을 하라는 당부와 함께 잘되기를 응원한다는 메일을 보내 주었습니다.

나는 자신이 좋아하는 일을 열심히 하려고 하는 성실한 자세와 무단으로 저작물을 사용하는 무책임한 사람들에 비해 예의 있게 질문을 한 그 마음이 예뻐 무료로 사용을 허락했던 것입니다.

무료로 사용을 허락했지만 내 마음은 참 흐뭇했습니다.

모던 걸Modern Girl 백년사

2018년 4월 27일, 가족과 함께 대학로에 있는 해오름 예술극장에 갔습니다. 그곳에서 페미니즘 뮤지컬인 〈모던 걸 백년사〉를 공연했는데, 뮤지컬 배우인 딸이 주인공인 모던 걸 경희 역으로 출연을 해서이지요.

한창 '미투Me Too'가 사회적 이슈로 부각되던 때라 우리나라 근현대사의 선도적 페미니스트인 나혜석의 소설 《경희》를 원작으로 하는 뮤지컬로 더욱 뜻이 깊었기에 남다른 관심으로 보게 되었습니다.

나혜석은 우리나라 신여성의 상징으로, 여성으로는 최초의 서양화가이자 작가이며 언론인이지요.

그녀는 조선 말기의 전근대적인 봉건주의에 반기를 들고 인격을 지닌 한 인간으로서의 여성의 삶을 지향하지요. 하지만 당시의 사회는 그녀의 그러한 생각을 철저하게 무시하며 한낱 여성의 무모한 반사회적 행위로 치부해버리지요.

그녀는 철저하게 사회로부터 비난을 받고, 가족으로부터는 외면을 받았습니다. 이에 그녀는 전통적 관습에 깊이 물들여져 있던 당시의 여성들을 일깨우기 위해 페미니즘 운동에 앞장서지만, 너무도 두터운 관습에 매여 있던 당시 사회의 벽을 넘지 못하고 쓸쓸히 삶을 마감했습니다.

비록 생전에는 뜻을 이루지 못했지만, 그녀는 지금 대한민국 사회에 불고 있는 페미니즘의 선구자적인 여성으로 부각되며 여성들로부터 존경받고 있습니다.

소설 《경희》는 나혜석의 자전적 소설로 우리나라 여성해방에 매우 의미 있는 소설이지요.

뮤지컬 〈모던 걸 백년사〉는 1918년 경성에 사는 경희와 2018년 서울에 살고 있는 화영을 대비시킴으로써, 100년이 지난 현재에도 사회 곳곳에 남아 있는 여성들의 불합리적인 삶에 대해 비판적 시각으로 그린 뮤지컬이지요. 〈모던 걸 백년사〉는 대한민국 사회에서 뿌리 깊은 여성의 취약한 인권과 삶에 대한 고발 작품으로, 여성의 인권신장과 여성의 존엄성을 인정받게 하는 데 그 의의가 있다고 하겠습니다.

나는 뮤지컬 공연 내내 깊은 관심을 갖고 보았습니다. 모든 배우의 열연으로 분위기가 한껏 고조되었으며, 음악 또한 참 좋았습니다.

특히 100년 전의 경희와 100년 후의 화영이 함께 부르는 노래는 최고의 하모니를 이루며 나를 깊은 감동으로 물들게 했습니다. 둘이 부르는 노래는 이 뮤지컬의 절정을 이뤘습니다.

그동안 딸이 공연했던 많은 작품 중에서도 〈모던 걸 백년사〉가 가장 좋았습니다.

공연히 끝난 후, 딸이 사랑스럽고 자랑스러워 꼭 안아 주었습니다. 그 의미 있는 역할을 그처럼 멋지게 해내다니, 깊고 깊은 감동과 뿌듯함에 그날 밤 아주 행복했습니다.

지금도 그때의 기억을 떠올리면 가슴 깊은 곳으로부터 감동이 굽이치며 되살아 오르곤 합니다.

01

힘들 땐 잠깐
쉬었다 가도 괜찮아

◆◆◆───

요즘 많이 힘들지요?
생각하는 대로 잘 되어 주지도 않고,
열심히 하는데도 티도 안 나고,
무엇 하나 맘먹은 대로 되는 게 하나도 없다는
생각이 들 때가 있을 거예요.

그런데도 그런 모습 보이기 싫어
답답해서 미칠 것만 같은 마음을 꼭꼭 숨기느라
너무 애쓰지 말았으면 해요.
인생을 살아오면서 수없이 느낀 건데
그런다고 달라지는 건 없으니까요.

힘들면 억지로 하려고 하지 말고,
그 자리에서 잠깐 쉬었다 가도 괜찮아요.
아무 생각 하지 말고 밀렸던 잠을 자도 좋고,
목적지를 정하지 말고 한 2박 3일 어딘가 다녀와도 좋고,
재밌는 뮤지컬을 보거나 영화를 보거나
책을 보거나 음악을 듣거나
그동안 지친 몸과 마음을
최대한 편히 쉬게 해 주세요.

맑은 날이 있으면
흐린 날도 있고, 비 오는 날도 있고,
장마가 지기도 하고, 폭풍이 치는 날도 있지만
또다시 맑고 푸른 날이 우리를 반겨 주잖아요.

삶도 기분 좋은 날이 있으면 기분 나쁜 날도 있고,
즐겁고 신나는 날이 있으면 슬프고 우울한 날도 있고,
웃는 날이 있으면 짜증 나는 날도 있지만
우리는 또다시 그 길을 가게 되고 가야만 하잖아요.

그래요.
인생이란 이런 과정을 거치면서
성숙하게 열매를 맺게 하지요.
인생을 쉽게 살려고 해서도 안 되겠지만,
무리를 하면서 억지로 해도 안 될 때가 많아요.

그러니까 자신에게 주어진 일을 할 땐 성실히 하되
힘들고 어려울 땐 잠깐 쉬었다 가도록 해요.

그러다 보면 어느 순간 자신이 바라는 날이 오지요.
혹여 오지 않는다고 해도 기죽지 말아요.
적어도 자신에게 최선을 다했으면 그것만으로도
부끄럽지 않은 인생을 산 증거로써 충분하니까요.

이런
날은

늘 보는 꽃이지만
아무렇지도 않게 더 예쁜 날이 있다.

늘 마시는 커피지만
아무렇지도 않게 더 맛있는 날이 있다.

늘 만나는 친구지만
아무렇지도 않게 더 반가운 날이 있다.

늘 만나는 사람들이지만
아무렇지도 않게 더 정겨운 날이 있다.

늘 보는 가족이지만
아무렇지도 않게 더 소중한 날이 있다.

이런 날은

그냥,
아무렇지도 않게 행복하다.

선생님, 사랑해요

페이스북을 보다 어느 여성 독자가 타임라인에 올린 글을 보았습니다. 간단한 내용이지만 소개를 하면 좋겠다 싶어 실어봅니다.

선생님, 좋은 책을 써 주셔서 먼저 감사하다는 인사부터 드립니다.
저는 제가 하는 일에 대해 갈등을 해 오던 터였습니다. 그동안 교수님이나 은사님, 친구들, 선배들에게도 조언을 구했지만 별 도움이 되지 않고 오히려 갈등만 증폭되었습니다. 그러던 차에 서점에 갔다가 우연히 선생님이 쓰신 책을 보게 되었고, 집에 와서 단숨에 읽고는 제 생각이 잘못되었다는 것을 깨닫게 되었습니다.
그래서 지금 하는 일을 그만두려던 생각을 바꿔 끝까지 한 번 해 보기로 굳게 마음먹었습니다.
제 자신을 다시 한 번 생각해 볼 수 있는 기회를 주셔서 감사합니다.
선생님, 앞으로도 좋은 책 많이 써 주세요. 그리고 늘 건강하시고 행복하기를 기도할게요.

선생님, 사랑해요.

나는 그녀의 글을 읽고 참 행복했습니다. 내가 쓴 책이 한 사람의
인생에 중대한 영향을 끼쳤다는 데 크게 감사했기 때문입니다.

나 또한 그녀가 자신의 결심대로 끝까지 해냄으로써 좋은 결과를
얻어 인생의 승리자가 되길 빌어 주었습니다.

그리고 다짐했습니다. 지금보다 더 좋은 글을 쓰자. 그러기 위해
서는 지금보다 더 많이 읽고, 더 많이 공부하자고 말입니다.

그날 저녁은 밤하늘의 별들도 유달리 더 밝게 빛났습니다.

꼭 답장해 주세요,
아셨죠?

경상북도 어느 소도시에서 사는 여자아이로부터 메일을 받았습니다. 내가 쓴 동화 《가족의 힘》을 읽고 감동을 받아 감사해서 메일을 보낸다고 했습니다.

자신을 초등학교 5학년인 홍은진이라고 소개하며, 동화를 읽고 가족의 소중함을 알았다고 했습니다. 자신은 아빠 말을 잘 안 듣고 아빠를 속상하게 하는 일이 종종 있는데 이제부터는 그러지 말아야 겠다고 말하며, 좋은 동화를 써 주서서 감사하다고 했습니다.

그리고는 "꼭 답장해 주세요, 아셨죠?"라며 답장을 안 해 주면 미워할 거라고 해, 나는 껄껄대고 웃었습니다. 한 번도 본 적이 없는 어린이의 귀여운 모습을 떠올리며 얼른 메일을 썼습니다.

선생님 책을 읽어 준 것만도 고마운데 감동받았다고 메일까지 보내 줘서 정말 고맙다는 말과 함께, 나한테 말했듯이 아빠에게 예쁘고 착한 딸이 되어 달라고 했습니다.

그리고 언제나 씩씩하고 당당한 어린이가 되어 부모님에게도 선생님과 친구들에게도 예쁨 받는 어린이가 되라고 말하며 앞으로 꿈을 꼭 이루도록 응원하겠다고 말했지요.

메일을 보낸 다음 날 은진이로부터 다시 메일이 왔습니다. 답장을 해 줘서 감사하다는 말과 함께 앞으로 선생님이 말한 대로 꼭 실천하겠다고 했습니다.

나는 선생님 말을 마음에 새겨 따라 줘서 고맙다고 칭찬하는 메일을 보냈습니다.

그리고 어린이들을 위해 좀 더 좋은 책을 많이 써야겠다고 생각하며 작가인 것이 참 감사했습니다.

오월 밤과
보름달

오월 들어 모처럼 맑고 투명한 하늘을 보았습니다. 맑은 하늘을 본다는 것이 마치 오랜만에 반가운 친구를 본 것처럼 기뻤습니다. 언제부턴가 미세먼지로 맑은 하늘을 보는 것이 쉽지 않다 보니, 맑은 하늘이 자연의 선물과도 같은 생각이 듭니다.

이는 지금보다 더 나은 것, 더 좋은 것, 더 편리한 것을 추구한 문명의 발달이 낳은 부작용의 산물입니다. 다시 말해 인간이 저지른 탐욕의 결과인 것입니다.

나는 그동안 미세먼지로 찌든 몸과 마음을 씻어내기라도 하는 양, 현관문을 열어 놓고 맑은 공기를 맘껏 들이켰습니다. 몸과 마음도 한껏 맑아지는 것 같았습니다.

그렇게 축복과도 같은 낮이 지나가고 밤이 되었습니다. 나는 밤늦도록 글을 쓰다 머리를 식힐 겸 밖으로 나갔습니다. 그리고 하늘을 쳐다본 순간 눈이 번쩍 뜨였습니다. 밤하늘이 어찌나 아름답던지 나는 멋진 그림을 보듯 바라보았습니다. 그처럼 아름다운 밤하늘을 본다는 것도 귀한 일이 되고 말았으니까요. 게다가 눈이 부실 만큼 밝은 보름달이 환하게 빛을 뿜어대고 있었습니다.

오월 밤에 보는 보름달은 너무도 밝고 아름다웠습니다. 밤하늘은 장엄한 무대와 같았고, 보름달은 멋진 배우와 같았습니다. 나는 관객이 되어 눈을 떼지 못하고 한참을 바라보았습니다. 그리고는 보름달을 스마트 폰에 담았습니다. 그처럼 밝고 예쁜 보름달을 보는 것이 쉽지 않은 까닭이지요.

나는 집으로 들어오다 아쉬운 마음에 한 번 더 보름달을 바라보았습니다. 보름달도 나와 헤어지는 것이 아쉬운 듯 보였으니까요.

집으로 들어와 스마트 폰에 담긴 보름달을 보았습니다. 사진으로 보는 보름달도 참 아름다웠습니다.

나는 이토록 밝고 아름다운 보름달이 우리 곁에서 떠나지 않기를 바랍니다. 그것은 곧 인류의 영원한 파멸을 뜻하는 것이니까요.

참 독자의
정석定石

2020년 신년 초에 독자로부터 한 통의 메일을 받았습니다. 독자 L씨는 서점에서 내 에세이《지금부터 내 인생을 살기로 했다》를 보는 순간 산삼을 캔 것 같은 기분이 들면서, 2020년의 첫 행운을 만난 것 같았다고 했습니다. 그러면서 하는 말이 지금 인생을 제대로 살고 있나, 자신의 삶을 되돌아보고 싶었다고 했습니다.

그리고 에세이에 소개한 갤러리 뮤지엄 산Museum SAN에서 함께 차한 잔을 마시고 싶다고 했습니다. 거기에 살짝 욕심을 내어 내가 사주는 밥을 먹는 독자가 되고 싶다고 했습니다. 글 중에 〈밥 사 주고 싶은 독자〉라는 에세이가 있는데, 이 글을 읽고 그런 마음을 표현한 것이지요.

나아가 독자들에게 천심으로 살고 있는 분이라 생각한다고 했습니다.

이런 말을 듣는 것은 작가에게는 최고의 극찬이 아닐 수 없습니다. 성심을 담은 말은 작가에게 최고의 위안이자 격려니까요. 메일을 읽고 나서 큰 선물을 받은 기분이었습니다.

나는 오랫동안 글을 써 오면서 독자들에게 많은 메일을 받았습니다. 하나같이 나를 기분 좋게 해 준 고마운 말들이었습니다.

독자 L씨의 메일은 그중 단연 으뜸입니다. 자신의 감정을 그처럼 표현하기란 쉽지 않은데다가 여간한 진정성이 없으면 할 수 없는 말이기 때문입니다.

참 독자의 표본標本이 무엇인지를 제대로 보여 준 L씨야말로 '참 독자의 정석定石'이라고 할 수 있습니다.

나는 흐뭇한 마음으로 L씨에게 답장을 보냈습니다.

상대가 누구든 자신의 진심을 담아 위안하고, 격려하고, 용기를 주고, 꿈을 준다는 것은 그 마음이 따뜻하고 아름답지 않다면 절대로 할 수 없는 일이지요. 그러기에 누군가에게 이처럼 자신의 진심 가득한 마음을 보여 준다는 것은 자신에게도, 상대방에게도 좋은 에너지를 주고 감사함을 갖게 하는 것입니다.

그렇습니다. 참 독자의 정석이 무엇인지를 잘 보여 준 L씨처럼 누군가를 격려하고, 용기를 주고, 위안하고, 꿈을 주는 사람이 되십시오. 그것은 곧 자신을 위한 '인생의 기쁨'이 되어 되돌아올 것입니다.

반짝반짝 웃는 배추

내가 사는 아파트 옆에는 낮은 동산이 있고, 그 아래로는 여기저기 작은 텃밭이 가지런히 정리되어 있습니다.

봄이면 이 텃밭에 감자, 고추, 가지, 고구마, 대파, 콩, 옥수수 등이 심어져 있어 볼일을 보러 가거나 산책을 하다 보면 마주치곤 합니다. 마치 귀여운 아이들을 만난 듯 반가운 마음에 "얘들아, 안녕. 오늘은 어제보다 더 컸네."라고 말하며 쓰다듬어 주면 내 말을 알아듣기라도 한 듯 한층 밝고 예뻐 보입니다.

연구 결과에 따르면 식물도 듣기 좋은 음악을 틀어 주면 발육이 더 좋다고 합니다. 참으로 놀라운 일이 아닐 수 없습니다.

나는 식물이 음악에 어떻게 반응하는가에 대한 연구 결과를 접하고 난 뒤로는 식물에 더욱더 관심을 기울이게 되었습니다. 그래서 식물들을 소개하는 시와 에세이를 쓰기도 하고, 어린이들에게 맑은 심성을 길러주기 위해 동시를 쓰곤 합니다.

통통하게 살찐 배추들이
예쁘게 머리를 묶고
텃밭에 얌전히 앉아 있다.

– 아유, 살이 통통하게 올랐구나.
통통한 배추들이 하도 예뻐서
주인 할아버지는
손자 볼을 쓰다듬듯 배추를 쓰다듬는다.

배추들도 기분이 좋은지
맑은 가을 햇살 아래서
반짝반짝 웃고 있다.

〈반짝반짝 웃는 배추〉라는 동시로 어느 해 가을, 시내에서 볼일을
보고 오다 어떤 할아버지가 텃밭의 배추를 일일이 묶으며 쓰다듬어
주는 모습을 보고 썼습니다. 띠를 두른 배추가 마치 귀여운 유치원
아이들이 얌전한 자세로 선생님 이야기를 듣는 것 같다는 생각에
그 자리에서 순식간에 쓴 동시입니다.
　〈반짝반짝 웃는 배추〉를 쓰고 나서 기분이 참 좋았습니다. 나 또
한 어린 시절의 동심으로 돌아갔기 때문이지요.
　지금도 텃밭을 지나칠 때면 이 동시가 떠올라 입가에 맑은 웃음
이 돌곤 한답니다.

삶의
간이역

오늘 하루는 어땠나요?

당신이 원하는 하루였나요?

만일 그랬다면 기분이 참 좋았겠군요.

그러나 그러지 않았다고 해도 우울해하지 마세요.

오늘은 우울해도 내일은 기분 좋은 날이 될 테니까요.

하루하루는 기분 좋음과 우울함이 교차하는

삶의 간이역 같은 것.

오늘이란 간이역에선 내가 주인이므로

날마다의 오늘을 부족함 없이 사랑하세요.

사랑의 기도

내 책이 나오고 난 뒤 출판사 대표와 이야기를 나누던 중 출판사 대표가 말했습니다.

"선생님, 전 요즘 날마다 기도를 해요."

그의 말을 듣고 뭐라고 기도를 하는지 궁금해서 물었습니다.

"뭐라고 기도해요?"

내 말에 출판사 대표는 겸연쩍게 웃으며 말했습니다.

"이번 책이 잘 되어 저도 부자가 돼보고 싶다고요."

"그래요. 내가 부자가 되는 비결을 알려줄까요?"

내가 웃으며 말하자 그가 알려달라고 말했습니다.

"오늘부터 이렇게 기도해 봐요. 내가 부자가 되게 해달라고 하지 말고 작가들에게 인세를 많이 주는 출판사가 되게 해달라고."

그러자 그가 웃으며 말했습니다.

"네, 선생님. 그렇게 기도하면 더 좋겠네요."

"그래요. 작가에게 인세를 많이 주면 그만큼 자신에게도 많은 몫이 돌아오는 법이니까요. 상대를 위한 기도는 상대를 위한 것뿐만이 아니라 곧 자신을 위한 기도이기도 하니까요. 말하자면 상대를 배려하고 위하는 '사랑의 기도'인 것이지요."

"네, 선생님. 오늘 좋은 기도법을 배웠습니다. 오늘부터는 꼭 선생님이 가르쳐 주신 방법대로 기도하겠습니다."

출판사 대표는 이렇게 말하며 아이같이 환하게 웃었습니다.

그렇습니다. 나와 소중한 관계를 맺고 있는 사람을 위한 기도는 자신만을 위한 기도보다 더 힘이 세답니다. 자신과 상대를 동시에 아우르는 생산적이고 창의적인 사랑의 기도이기 때문이지요.

출판사 대표의 환하게 웃는 모습에 나 또한 마음이 참 좋았습니다.

내가
사랑하는 문장

사람들은 불합리하고
비논리적이고 비합리적이다.
그래도 사랑하라.

당신이 선한 일을 하면
이기적인 동기에서 하는 거라고 비난할 것이다.
그래도 좋은 일을 하라.

당신이 성공하면
거짓 친구들과 참된 친구들을 만날 것이다.
그래도 성공하라.

오늘 당신이 선을 행하면
내일은 잊혀질 것이다,

그래도 선을 행하라.

당신이 정직하고 솔직하면
상처받을 것이다.
그래도 정직하고 솔직하라.

당신이 여러 해 동안 공들여 만든 것이
하룻밤 사이에 무너질지도 모른다.
그래도 만들어라.

사람들은 도움이 필요하면서도
도와주면 공격할지도 모른다.
그래도 도와줘라.

세상에서 가장 좋은 것을 주면
당신은 발길로 차일지도 모른다.
그래도 가진 것 중에서
가장 좋은 것을 세상에 주어라.

인도 콜카타의 버려진 어린이들을 위한 집 '쉬슈 브하반'의 벽에
있는 글입니다. 이 글은 '그래도'라는 낱말을 주체적으로 하여 긍정
적으로 살아가길 바라는 마음을 담고 있습니다. 그래서 이 글을 읽

고 나면 부정적인 생각을 한다는 것이 자신의 인생에 얼마나 백해무익한 것인가를 알게 됩니다.

마치 '긍정의 메시지'의 전형적인 문장인 듯 이 글에는 긍정의 에너지가 넘칩니다. 이 글을 마음에 새겨 실천한다면 못 이룰 것이 없고, 그 어떤 불합리와 부정적인 상황도 극복하게 될 것입니다.

나는 처음 이 글을 대하고 나서 무한한 긍정을 느꼈습니다. 몸과 마음이 찌릿해지며 강한 전율이 일었습니다.

그 순간부터 이 글은 내가 사랑하는 문장 중 하나로 나를 지탱하는 희망과 용기의 글이 되었습니다.

이처럼 에너지 넘치는 문장은 인생을 바꿀 만큼 큰 힘이 있습니다. 문장 하나로 인해 자신의 인생을 성공적으로 써낸 인물들은 동서고금을 막론하고 얼마든지 있습니다.

에너지 넘치는 문장은 단순히 하나의 문장이 아닙니다. 그것은 하나의 말의 역사이며 희망의 원천이자 자신의 인생을 바꾸는 '마법의 키워드'인 것입니다.

오월
아침

숨,
막히도록 바람이 참 좋다.

무작정,
너에게로 달려가고 싶다.

시인과 치킨

나는 채식을 좋아해서 30대까지만 해도 소고기 외에 다른 육류는 먹지 않았습니다. 물론 소고기도 어쩌다 먹는 것이 전부였지요.

그런데 40대에 들어서고 나서 식성에 변화가 왔습니다. 소고기 외에 돼지고기도 먹게 되었지요. 그렇다고 해서 많이 먹거나 즐겨 먹는 것은 아니지만 고기를 먹는다는 것 자체가 큰 변화라면 변화라고 할 수 있지요.

그리고 치킨도 먹게 되었는데, 처음 입에 댄 것은 양념치킨이었습니다. 기름기를 좋아하지 않는 내게 양념치킨은 먹기에 딱 좋았기 때문이지요. 양념치킨을 먹다 보니 삼계탕까지 먹게 되었습니다.

고기를 먹고 나서 느끼는 것은 채소만 먹을 때보다 속이 든든하다는 것입니다. 그래서 지금은 가끔씩 고기를 먹곤 합니다.

특히 양념치킨을 즐겨 먹곤 하는데, 혼자 먹기 딱 좋게 포장된 치킨을 만원이면 세 팩이나 살 수 있어 경제적으로도 부담이 적어 내겐 안성맞춤입니다.

나는 한 달에 한두 번 정도는 꼭 먹는데, 내 몸이 요구하기 때문입니다. 먹고 싶어서 먹는 치킨은 나를 행복하게 합니다. 가난한 시인이 남들처럼 먹을 수는 없지만, 그래도 가끔은 부담 없이 먹을 수 있다는 게 내겐 여간한 즐거움이 아닐 수 없습니다.

아무리 비싸고 좋은 음식도 내게 맞지 않으면 최고의 음식이라고 할 수 없듯이 비록 값싼 음식이라도 내게 맞으면 좋은 음식이자 최고의 음식이라고 할 수 있지요.

그렇습니다. 가격을 떠나 내가 즐기고 행복할 수 있다면 그것이야말로 최고의 음식이라고 할 수 있습니다. 내게 먹는 즐거움과 행복을 준 치킨, 나는 치킨을 사랑합니다.

사랑의 꽃씨

아파트 현관문을 열면 약 8미터 앞에 커다란 나무가 있는데, 이 나무에는 까치집이 있습니다. 아침에 일어나 문을 열고 나가면 까치는 나뭇가지에 앉아 까작까작 거리며 노래를 부릅니다.

처음 얼마 동안은 내가 문을 열면 저 멀리로 날아가던 까치가 언제부턴가는 나를 보고도 날아가지 않고 까만 눈망울을 굴리며 나를 빤히 쳐다봅니다. 까치는 지능이 높은 새라고 하는데, 나를 보고도 날아가지 않는 것은 내가 자신을 해칠 사람이 아니라고 생각하는 것 같습니다.

나는 까치에게 까돌이라는 이름을 지어 주고 까치를 볼 때마다 "까돌아!" 하고 다정한 목소리로 불렀습니다. 처음엔 무슨 말인가 하여 움찔거리더니 이제는 자신을 부르는 소리로 아는 것 같습니다.

그런데 가끔씩 아침에 일어나 문을 열고 나갔을 때 까돌이가 안 보일 때가 있습니다. 그러면 혹시라도 밤사이에 무슨 일이라도 생긴 건 아닐까, 걱정이 되곤 합니다.

언젠가 까돌이가 일주일 동안 모습을 보이지 않은 적이 있었습니다. 그때 나는 까돌이에게 무슨 일이 생긴 줄 알고 걱정했습니다. 아파트 옆으로 길고양이들이 사는 작은 동산이 있는데 언젠가 길고양이들에게 잡아먹히던 새를 본 적이 있기 때문입니다.

다행히도 여드레 되던 날 까돌이가 무사히 돌아왔습니다. 나는 반가운 나머지 "까돌아!" 하고 큰 소리로 불렀습니다. 까돌이는 자기를 부르는 줄 알고는 나를 빤히 쳐다보았습니다.

한갓 미물인 새도 늘 보면 친근감이 들지요. 사람의 마음속엔 '정'이라고 하는, 따듯한 '사랑의 꽃씨'가 들어 있기 때문이지요.

오늘도 자리에서 일어나 밖으로 나가니 까돌이가 나를 기다리고 있었습니다. 나는 "까돌아, 안녕!" 하고 인사를 했습니다. 까돌이도 기분이 좋은지 오늘따라 더 즐겁게 노래를 불렀습니다.

까돌이의 즐거운 노래로 아침이 더욱 상쾌했습니다.

동심의 미美

어디서 날아 왔는지
수천 마리의 노랑나비가
나뭇가지에 앉아 날개를 활짝 펼치자,

기분이 좋아진 나무가
바람 연주에 맞춰 사르랑 사르랑 춤을 춘다.

흥에 겨운 노랑나비들도
일제히 날개를 퍼덕이며 춤을 추자,

신이 난 바람은 한껏 흥에 취했다.

바람과 나무와 노랑나비가
한데 어우러진 봄 동산 무도회로,

동산 마을 가득 봄빛 향기 그윽하다.

내가 사는 아파트 옆의 작은 동산을 지나는데 언제 피었는지 개나리꽃이 한창 물이 올라 작은 동산이 온통 개나리 천국이었습니다. 개나리꽃빛이 어찌나 선명한지 마치 노란 물감을 흩뿌린 듯했습니다.

그 모습에 한껏 취해 볼일을 보러 가던 길을 멈추고 서서 스마트폰에 그 모습을 새겨 넣었습니다. 그리고는 동산으로 올라가 개나리 노란 꽃잎에 입을 맞추고 한껏 숨을 들이마셨습니다. 그러자 박하사탕을 먹은 것처럼 코 안이 환해지더니 상큼해졌습니다.

그날은 극성맞던 미세먼지도 없고, 하늘 또한 맑고 푸르러 한층 봄을 즐기기엔 그만이었습니다.

나는 마치 어린아이가 된 기분이었습니다. 이리저리 걸음을 옮기며 개나리꽃을 감상했습니다. 다 같은 개나리지만 앞에서, 뒤에서, 높은 데서, 낮은 데서, 보는 각도에 따라 그 느낌은 사뭇 달랐습니다.

나는 20분가량 개나리와 어우러져 즐기다 떨어지기 싫은 발걸음을 옮겨 놓았습니다. 개나리들도 서운한 기색인 것 같았습니다.

"얘들아, 바람과 신나게 놀으렴. 또 올게."

이렇게 말하며 동산을 내려와서는 개나리들을 향해 손을 흔들어 주었습니다. 잠깐의 시간이었지만 동심으로 돌아갈 수 있어 한결 마음이 가뿐해졌습니다.

이렇듯 동심으로 산다는 것은 마음의 보석을 품고 사는 것과 같습니다.

사는 게 힘들고 지칠 땐 잠시나마 '동심'으로 돌아가 보세요. 동심은 천심이라고 했듯 하늘의 마음을 닮음으로써 스스로를 위로하는 데 많은 도움이 될 것입니다.

동심은 순결한 자연의 미美이며, 하늘의 음성입니다.

시를 쓰는 행복

　시인에게 있어 시는 목숨이며, 숙명과도 같은 존재이지요. 그런 까닭에 시가 잘 써지면 그 행복감과 성취감은 이루 말할 수 없이 큽니다. 마치 마음에 드는 보석을 선물 받은 것처럼 가슴이 충만해지니까요.

　반대로 시가 잘 써지지 않을 땐 몸과 마음이 텅 빈 듯 공허함을 느끼지요. 그리고 그 시간이 길어질 땐 몸과 마음이 착 가라앉은 것처럼 무겁습니다. 시 쓰기는 시인에게 하나의 의무이며, 권리입니다. 그런 까닭에 내 마음에 드는 시를 쓰는 날은 가슴 뿌듯한 성취감과 극치감에 무한한 행복에 사로잡히곤 합니다.

　가을 우체국 앞에 서면

　나는 이름 모를

　누군가의 편지가 되고 싶다.

그래서 누군가가 간절히 그리워하는
그 누군가에게 빛의 속도로 날아가
누군가의 마음을 전해 주고 싶다.

가을 우체국 앞을 지나칠 때면
나는 한 번도 본 적이 없는
누군가의 사랑의 엽서가 되고 싶다.

그리하여 누군가가 그리도 사랑하는
그 누군가에게 바람처럼 달려가
누군가의 사랑을 전해 주고 싶다.

가을 우체국 앞에 서면
나는 언제나 누군가의 사연을 담은
따뜻한 편지가 되고 싶다.

〈가을 우체국〉이란 시인데, 어느 날 우체국을 다녀오다 문득 내가
편지면 좋겠다는 생각이 들었습니다. 누군가의 편지가 되어 누군가
가 간절히 그리워하는 사람에게 그 누군가의 마음을 전해 주고, 사
랑을 전해 주고 싶다는 생각을 시로 쓴 것입니다.

이 시를 쓰고 나서 참 행복했습니다. 마치 내가 소중한 사람들의
사연을 담은 편지가 된 기분이었으니까요.

그렇습니다. 시인은 마음에 드는 시를 쓸 때 참 행복하고, 그 시를 독자들이 즐거운 마음으로 읽어 줄 때 보람과 삶의 가치를 느낍니다. 나에게 찾아와 준 시가 참 고맙습니다.

02

당신에겐,
그런 사람 있습니까?

◆◆◆

한시도 떨어지면 못 살 것 같은 사람,
함께 하는 것만으로도 행복한 사람,
길을 걷다 멋진 길을 만나면 함께 걷고 싶은 사람,
맛있는 것이 있으면 함께 먹고 싶은 사람,
좋은 뮤지컬을 알게 되면
함께 보고 싶은 사람,
아침에 잠에서 깨어났을 때
가장 먼저 생각나는 사람,
푸른 파도가 넘실대는 맑은 동해바다를
함께 바라보고 싶은 사람,
도란도란 이야기를 나누며
밤기차 여행을 함께 하고 싶은 사람,
강 언덕 유럽풍의 카페에서
함께 커피를 마시고 싶은 사람,
눈이 부시게 아름다운 백사장을
맨발로 함께 걷고 싶은 사람,
푸른 잔디밭을 뛰어가다
함께 넘어져 데굴데굴 구르고 싶은 사람,
비 내리는 날 함께 우산을 쓰고
미라보 다리를 건너고 싶은 사람,
마지막 심야영화를 함께 보고 싶은 사람,
가장 기쁜 일도 가장 슬픈 일도
제일 먼저 얘기해 주고 싶은 사람,
내가 살아가는 데 있어 인생의 의미가 되는 사람,
안개가 모락모락 피어나는 바닷가 찻집에서
이른 아침 함께 음악을 듣고 싶은 사람,

언제 어느 때든 전화하면
이유를 묻지 않고 무조건 달려오는 사람,
언제나 만나면
네가 너무 보고 싶었다고 말해 주는 사람,
하늘나라 전설 같은 함박눈이
주절주절 내리는 날 눈을 맞으며
팔짱을 끼고 함께 걷고 싶은 사람,
안 보면 보고 싶고
헤어졌다가도 이내 다시 만나면
늘 처음인 듯 풋풋한 미소가 예쁜 사람,
사랑해도 자꾸만 사랑하고 싶은 사람,
미워하려야 미워할 수 없는 사람,
함께 있어도 그립고 곁에 있어도 보고 싶은 사람,
언제나 가슴에 화석처럼 새겨져 지울 수 없는 사람,

**당신에겐 그런 사람 있습니까?
그렇다면 당신은 정말
행복한 사람입니다.**

비목比目

한 눈밖에 없는 물고기 비목.
한 눈으로는 살기가 힘들어
암수가 함께 평생을 살아간다는 비목.

비목은 당나라 시인
노조린의 시에 나오는 물고기입니다.

비목이란 물고기는 한낱 미물에 불과하지만
서로를 사랑함으로써 자신의 불행한 처지를
행복한 삶으로 바꾸는 지혜를 가졌습니다.

혼자는 그 누구나
한 마리의 비목과 같은 존재이지요.
그러기에 누군가와 끝없이 사랑하고 함께 함으로써
복되고 행복한 인생으로 살아가는 것입니다.

비목!

당신이 사랑하는 그 사람이
바로 당신의 비목입니다.

냉커피 한 잔의 행복

어느 해 무더운 여름날 단골 화장품 가게에 갔을 때의 일입니다. 화장품 가게 사장은 오랫동안 나를 봐 왔지만 내가 무엇을 하는 사람인지 몹시 궁금했나 봅니다. 이야기를 하던 중 "저… 혹시 직업이 교수님 아니세요?"라고 물었습니다.

"왜요? 제가 그렇게 보입니까?"

"네. 외모나 말씀하시는 것으로 보아 그런 생각이 들었습니다."

"그랬군요. 저는 글을 쓰는 작갑니다."

나는 웃으며 말했습니다.

"어머, 그러세요? 그럼 책도 내셨겠네요."

사장은 반색을 하며 말했습니다.

"네. 내다 보니 시집, 소설, 에세이 등 여러 장르의 책을 냈습니다."

"그러셨군요. 작가님이 우리 가게 단골 고객님이라니 미처 몰라봬서 죄송해요. 저… 차를 대접하고 싶은데 어떤 차로 하시겠어요?"

사장은 이렇게 말하며 환히 미소를 지었습니다.

"안 그러셔도 되는데….”

"아닙니다. 사양치 마시고 말씀해 주세요.”

나는 더 이상 사양하면 사장의 성의를 무시하는 것 같아 냉커피를 마시겠다고 말했습니다. 사장이 어디론가 전화를 하고 나서 5분도 안 돼 어떤 여성이 냉커피를 갖고 왔습니다.

"더운데 어서 드시지요.”

"감사히 잘 마시겠습니다.”

나는 이렇게 말하며 냉커피를 마셨습니다. 시원한 것이 참 맛있었습니다.

"갈증이 나셨나 봐요. 한 잔 더 드릴까요?”

"아닙니다. 괜찮습니다. 커피가 참 맛있네요.”

"입에 맞으셔서 다행이네요.”

사장은 이렇게 말하며 기분 좋은 표정을 지었습니다. 사장은 여고 시절에 시가 좋아서 시집을 많이 읽었다고 했습니다.

하지만 학교를 졸업한 후 직장 생활과 결혼 생활을 하다 보니 시와는 멀어졌다고 했습니다. 그리고는 이제라도 시집을 읽고, 소설과 에세이도 읽어야겠다고 말했습니다.

그리고 이어 말하기를 자신은 시인이나 소설가 등 작가를 좋아한다고 했습니다. 그러면서 시인이며 작가이신 선생님을 고객으로 모시게 돼 영광이라고 했습니다. 나는 사장의 말에 따뜻하게 대접해 줘서 감사하다고 말하며 가게를 나왔습니다.

사장은 밖에까지 나와 인사를 했습니다. 나 또한 환하게 웃으며 인사를 하고 집으로 향했습니다. 집으로 오는 내내 발걸음이 참 가볍고 경쾌했습니다. 교수라고 생각할 땐 차 한 잔 대접이 없더니 작가라는 말에 이처럼 깎듯이 대해 주다니 작가가 교수보다는 한 수 위라는 생각에 가슴이 참 뿌듯했습니다.

그날 이후 화장품 가게를 갈 때마다 차를 대접받았습니다. 매번 괜찮다고 해도 자신이 좋아서 하는 일이니 사양치 말라며 대접했습니다.

누군가에게 마음에서 우러나오는 대접을 받는다는 것은 참 행복하고 유쾌한 일입니다. 그 사람의 정성이 가득 담겼기 때문이지요.

화장품 가게 사장은 나에게 차를 대접한 것이 아니라 따뜻한 정성을 대접한 것입니다. 나는 화장품 가게를 다녀올 때마다 행복을 가득 안고 돌아오는 기분이었습니다. 내내 마음 깊은 곳에서 기쁨의 샘물 소리가 쉴 새 없이 흘러내립니다.

어떤 사람은
늘
자신이 불행하다고 말한다.
이것은 자신의 행복을
깨닫지 못하기 때문이다.
행복이란
누가 주는 것이 아니라
스스로 찾아내는 것이다.

_도스토옙스키

CHAPTER 2

아무렇지도 않게
행복한 날

사랑을 입다

내 생일날 뮤지컬 배우인 딸과 편집디자이너인 아들 부부가 왔습니다. 아이들과 함께 즐거운 시간을 보낸다는 생각에, 온다는 연락을 받은 며칠 전부터 행복했습니다.

배우인 딸이 공연과 행사 스케줄, 레슨으로 바쁘다 보니 다 함께 모이는 것이 쉽지 않습니다. 그러다 보니 명절 때나 딸이 공연할 때 함께 자리하는 것이 정례화되었습니다.

아들 부부는 종종 시간을 내서 오는 관계로 아들 부부하고 함께 하는 시간에는 아쉬움이 덜하지만, 딸은 그렇지 않다 보니 스케줄을 바꿔 온다고 하니 기쁘기 그지없었습니다.

식당 예약시간까지는 두 시간 정도 여유가 있어 아이들과 함께 식당 근처에 있는 커피숍으로 갔습니다. 커피를 마시며 즐거운 시간을 갖던 중 딸이 종이 가방을 건네주며 말했습니다.

"아빠, 이거 선물이야."

"선물?"

"응. 한번 입어 봐."

옷을 입어 보니 맞춤처럼 몸에 꼭 맞았습니다. 안에 입는 조끼와 겉옷이었지요. 옷의 질감도, 색감도 아주 좋았습니다.

"아빠딸, 고마워. 잘 입을게."

나는 이렇게 말하며 기분 좋게 웃었습니다. 좋아하는 내 모습에 딸도 흐뭇한 표정이었습니다.

예약시간에 맞춰 식당으로 자리를 옮겼습니다. 맛있는 저녁으로 한껏 기분이 고조되었지요. 아이들과 함께 하는 자리가 그 어느 때 보다도 나를 흐뭇하게 했습니다.

식사 후 식당 안에 따로 마련된 카페에서 차를 마시며 이야기를 하는 내내 아이들도 나도 유쾌함이 가득 넘쳤습니다.

아이들을 보내고 나서 집에 들어오니 가슴 한구석이 먹먹했습니다. 잠시 동안 아무 생각도 할 수 없었습니다. 아이들과 보낸 시간이 꿈인 듯 싶었습니다.

얼마간 그렇게 있다가 자리에서 일어나 딸이 선물한 옷을 눈에 잘 띄는 곳에 걸어 두었습니다. 그리고는 딸의 볼을 어루만지듯 옷을 어루만졌습니다. 딸의 숨결이 느껴지는 듯했지요.

일주일 동안 옷을 걸어 둔 채 매일 바라만 보았습니다. 아까워서 도저히 입을 수 없었습니다. 그러다 제자들이 오는 날이라 조끼만 입고 거울을 바라보니 거울 속의 내가 무척 행복해 보였습니다. 그 모습에 눈언저리가 붉어지며 콧등이 시큰거렸습니다.

공연과 행사, 레슨을 하며 힘들게 번 돈으로 산 옷이 내겐 그 어떤 것보다도 소중했습니다. 가난한 시인 아버지를 둔 딸이 안쓰러우면서도 대견했습니다.

"아빠딸, 고마워. 잘 입을게. 사랑한다, 아빠딸. 이 세상 모든 사랑을 다 합친 것보다도 더 너를 사랑한다."

나는 이렇게 중얼거리며 두 손으로 조끼를 조심조심 쓸어내렸습니다.

막대사탕

  햇살 좋은 어느 날, 길을 가다가 매우 깜찍한 장면을 보았습니다. 유치원생 둘이 길을 걸어가며 한 개의 막대 사탕을 너 한 번, 나 한 번 하며 사이좋게 나누어 먹고 있었습니다.

  그 모습이 어찌나 예쁘던지 나는 아이들에게 말했습니다.

  "막대사탕이 맛있니?"

  "네. 달고 맛있어요."

  막대사탕을 손에 쥐고 있는 아이가 말했습니다.

  "그럼 그 맛있는 사탕을 혼자 먹지, 왜 친구에게 주니?"

  나는 아이가 무슨 말을 할까 호기심이 일어 웃으며 물었습니다.

  "아저씬 그것도 몰라요?"

  "뭘?"

  "친구끼리는 나눠 먹는 거예요."

  "누가 그래?"

  "엄마도 그러고 유치원 선생님도 그랬어요."

아주 당연한 듯이 말하는데 그 모습이 어찌나 귀엽던지 크게 웃
으며 말했습니다.

"아주 착하고 똑똑하네. 앞으로도 친구하고 예쁘게 잘 지내거라."

내 말에 아이는 "네!" 하더니 자기 입에 있던 막대사탕을 빼서는
친구 입에 넣어 주었습니다.

나는 환히 웃으며 가던 길을 갔습니다. 사람이 꽃보다 아름답다고
하는데, 정말 아이들은 그 어떤 꽃보다 예쁘고 사랑스러웠습니다.

팥죽

제자들과 이야기를 하던 중 지나가는 말로 팥죽이 먹고 싶다고 했더니, 어느 날 한 제자가 팥죽을 쑤어 가지고 왔습니다. 팥죽에서 풍기는 특유의 고소한 냄새가 식욕을 자극했습니다.

나는 한 숟가락 떠 입에 넣었습니다. 달콤하고 고소한 맛이 입 안 가득 퍼졌습니다. 통팥이 있어 씹는 맛이 한층 더 고소함을 자아냈습니다.

한 숟가락 먹을 때마다 제자의 고운 마음이 새록새록 갖가지 꽃으로 피어났습니다. 식탁을 가득 채운 팥죽의 향기가 나를 더없이 행복하게 합니다. 비록 한 그릇의 팥죽이었지만, 내겐 그 어떤 것보다도 값진 음식이었습니다.

스승의 지나가는 말 한마디도 놓치지 않고, 행복을 선물해 준 제자의 살뜰함이 참 예쁘고 고마웠습니다. 스승을 생각하는 정성이 없으면 할 수 없는 일이기 때문이지요.

나는 팥죽을 먹은 것이 아닙니다. 나는 기쁨을 먹고, 행복을 먹고,

제자의 정성을 먹은 것입니다. 기쁨과 행복, 제자의 정성을 함께 버무려 먹었으니 어찌 즐겁지 않을까요.

그래서일까, 팥죽을 먹고 마시는 한 잔의 차는 더없는 향기로 겨울 저녁을 따뜻하게 감싸 주었습니다.

참으로 평온한 저녁이었습니다.

꿀향기 비에
젓다

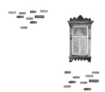

　오월이 되면 내가 사는 아파트 옆 작은 동산엔 개나리, 목련, 벚꽃, 아카시아꽃 등 갖가지 꽃들이 만발합니다.

　비록 작은 동산이지만 도심지에 이런 동산이 있다는 것은 축복과도 같지요. 특히 아카시아나무숲이 있다는 것은 더 큰 축복이지요. 눈처럼 흰 아카시아꽃은 보기도 좋고, 향기가 아주 매력적이니까요.

　아카시아나무숲에서 뿜어내는 아카시아 향기는 내가 사는 아파트를 온통 꿀향기로 물들게 합니다. 그런 까닭에 아카시아꽃잎이 질 때까지는 꿀향기에 흠뻑 젖어 지내지요.

　하지만 나는 이에 만족하지 않고 아카시아나무숲으로 갑니다. 아카시아 꿀향기 비를 맞기 위해서지요. 아카시아나무숲에 들어 꿀향기 비에 샤워를 하는 재미는 그 어떤 것보다도 흥미롭고 즐겁습니다.

　꿀향기 비에 샤워를 하고 나면 온종일 몸에서 꿀향기가 떠나질 않습니다. 도심에서 꿀향기 비로 샤워를 한다는 것은 그 무엇으로도 살 수 없는 자연의 고귀한 선물이지요.

이렇듯 자연은 높고 의연하고 위대한 존재이자 가치입니다. 소중한 자연을 잘 보존하는 것이야말로 자연에 대한 예의이자 도리입니다.

나는 꿀향기 비에 샤워하는 즐거움을 오래도록 누리고 싶습니다.

선생님, 잘 해결했어요

　명문대 학생이라고 자신을 소개한 청년으로부터 한 통의 메일을 받았습니다. 하고 싶은 공부가 있지만 어머니의 반대에 부딪혀 원하지 않는 학과에 입학해 2학년을 마치고 군에 입대해 얼마 전에 군 복무를 마쳤다고 했습니다.

　그런데 전역을 하고 나니 걱정이 든다고 했습니다. 또다시 하기 싫은 공부를 해야 한다고 생각하니 눈앞이 캄캄하다며 어떻게 하면 좋을지 조언을 해 달라고 했습니다.

　나는 어머니의 뜻을 받들어 원하지 않는 공부를 2년이나 했으면 자식으로서 도리를 다했으니 이제는 자신이 하고 싶은 공부를 하겠다고 어머니께 말씀드리라고 했습니다.

　물론 어머니가 쉽게 받아들이시지는 않겠지만 시간이 걸리고 힘들더라도 어머니를 설득하라고 했습니다. 설득해서도 안 되면 내 의지대로 하라고 했습니다. 대신 내가 즐거워하고 행복한 모습을 어머니에게 보일 수 있도록 최선을 다하라고 했습니다. 그러면 어머니도 아들이 원하는 공부를 하도록 승낙하실 거라고 말했지요.

학생은 큰 용기를 얻게 해 주셔서 감사하다며 꼭 그렇게 될 수 있도록 노력하겠다는 메일을 다시 보내왔습니다.

일 년이 지난 어느 날, 학생에게서 메일이 왔습니다. 나는 기쁜 마음으로 메일을 열었습니다. 메일 제목이 '선생님, 잘 해결했어요.'였기 때문입니다.

학생은 어머니를 설득해 승낙을 받고 자신이 원하는 공부를 할 수 있게 됐다고 썼습니다. "앞으로 열심히 해서 좋은 모습을 보여 드리겠습니다."라는 굳은 각오도 밝혔습니다.

나는 행복한 마음으로 자신이 선택한 일에 애정을 갖고 최선을 다해 앞으로 잘되기를 바란다는 응원 메일을 보내 주었습니다.

그는 어머니를 설득하느라 일 년이라는 시간을 보냈지만, 헛된 시간을 보낸 것은 아닙니다. 어머니를 설득해 승낙을 받았다는 것은 서로가 마음의 상처를 입지 않은 최선의 선택이었으니까요.

나는 그가 잘되기를 마음 깊이 빌어 주었습니다.

아무렇지도 않게
행복한 날

살아가다 보면
그냥,
아무렇지도 않게 행복한 날이 있다.

보는 것마다 다 예뻐 보이고,
듣는 것마다 다 노래같이 들린다.

만나는 사람마다 다 즐거워 보이고,
하는 것마다 다 잘된다.

그런 날은

그냥,
아무렇지도 않게 행복하다.

풀꽃을
닮은 사람

산과 들에 아무렇게나 피어 있는 풀꽃.

그리 예쁠 것도 없고 향기 또한 없지만,

풀꽃이 아름다운 것은

나무와 꽃, 산과 들의 푸른 배경이 되어

있는 듯 없는 듯 제 몸을 아낌없이 내어 주기 때문이다.

이처럼 진실로 아름다운 것들은

자신을 드러내지 않고 소리 없이 묵묵히 제 몫을 다한다.

그런 까닭에 풀꽃을 닮은 사람을 보면

아무렇지도 않게 그냥 기분이 좋아진다.

그래서 그가 누구든

가만히 다가가 두 손을 꼬옥 잡아 주고 싶다.

감사한 날의
행복

티셔츠를 사러 단골 옷가게에 갔습니다. 문을 열고 들어가자 옷가게 사장은 여느 때보다 더 반갑게 맞아 주었습니다.

"어서 오세요, 선생님. 그동안 잘 지내셨어요?"

"네, 덕분에. 장사는 잘 되죠?"

나는 사장의 인사에 기분 좋게 웃으며 말했습니다.

사장은 때마침 신상품이 출시되었다며 안내를 했습니다. 중저가 메이커지만 디자인이 우수하고 품질이 좋아 즐겨 애용하다 보니 내가 무슨 색을 좋아하고 어떤 스타일을 좋아하는지를 잘 아는 까닭입니다. 사장이 보여 준 것 중에 맘에 드는 옷을 골라 셈을 치르고 나자 사장이 음료수를 건네며 말했습니다.

"저는 그동안 선생님을 학교 선생님으로 알고 있었는데, 시인이며 작가님이시라는 것을 인터넷을 보고 알았어요. 몰라봬서 죄송해요."

사장은 이렇게 말하며 엷게 웃었습니다.

"하하, 그러셨군요."

나는 사장의 말에 껄껄 웃으며 말했습니다.

"다양한 분야의 책을 많이 쓰셨더라고요. 저는 에세이를 좋아해 가게를 하기 전에는 즐겨 읽었는데, 온종일 가게를 지키다 보니 좀처럼 책을 읽을 수가 없어요. 그게 너무 아쉬워요."

"그렇겠군요. 가게에서 읽기가 좀 그렇지요?"

"네. 가끔씩 읽기는 하는데, 읽을 만하면 고객들이 오시니 잘 안 읽게 되더라고요."

사장은 작가 선생님을 단골로 둬서 참 기분이 좋다며 환하게 웃었습니다. 나는 그렇게 생각해 줘서 고맙다고 말한 뒤 기분 좋은 웃음을 지으며 가게를 나왔습니다. 사장은 밖으로 나와 잘 가라며 배웅을 했습니다.

집으로 오는 내내 참 흐뭇했습니다. 그리고 더 좋은 글을 쓰고 언행에 좀 더 주의를 기울여야겠다고 생각했습니다. 자칫 실수라도 하면 내게 가졌던 기대를 저버리게 될 수도 있다는 생각에서지요.

그렇습니다. 작가란 본시 글만 잘 써야만 하는 것이 아닙니다. 글을 잘 쓰는 것은 기본적인 것이고, 작가의 품격을 잃어서도 안 되니까요.

오늘은 내가 작가라는 것이 더 감사한 하루였습니다.

꽃들의 반란斑爛

사월의 거리는 꽃들의 반란斑爛으로 들썩입니다. 반란이란 '여러 색깔이 어울려 아름다운 무늬를 이루어 빛을 내는' 것을 말하는데, 사월의 거리가 꼭 그러합니다.

사월은 갖가지 꽃들이 만발하다 보니, 가는 곳마다 꽃들이 어우러져 아름다움의 극치를 이룹니다. 사월의 거리는 하나의 커다란 화원과 같습니다.

꽃이 있다는 것만으로도 사월의 거리는 눈이 부시고, 사람들의 마음도 그 어느 때보다 밝고 풍요롭습니다.

겨울을 지내오는 동안 메말랐던 땅에 물이 올라 전국이 온통 꽃들의 축제로 연일 떠들썩합니다.

이렇듯 봄은 소망의 계절이며 생명의 계절입니다. 거기에 꽃들로 가득하니 사월이야말로 천국의 형상이 아닐는지요.

미국의 시인이자 비평가이며 노벨문학상 수상작가인 토마스 S. 엘리엇이 시 〈황무지〉에서 '사월은 가장 잔인한 달'이라고 했던 말은 수정돼야 마땅합니다. 그것은 사월에 대한 모독과도 같으니까요.

꽃들의 반란으로 사월이 이토록 아름답고 흥미로우니 진정 꽃들이야말로 천국의 전령사가 아닐까 합니다.

커피와 시와
음악이 있는 오후

내 방은 사방이 책으로 둘러싸여 있고, 그 한복판에 책상과 컴퓨터가 있습니다. 마치 책으로 지은 성 안에 있는 형상이다 보니, 가끔은 내 자신도 책이라는 생각이 들 때가 있습니다.

책이 있는 것만으로도 부자가 된 것만 같아 책 한 권 한 권이 나에게는 분신과 같고, 특히 내가 쓴 책들은 자식처럼 애정이 갑니다.

이 방에서 독서를 하고 글을 씁니다. 이 방에서 가장 마음이 포근하고 여유로울 때는 오후에 한 잔의 커피를 마시며 시를 읽고 음악을 들을 때입니다.

커피를 마시면서 읽는 시는 영혼의 양식처럼 느껴지고, 시를 읽으며 듣는 음악은 영혼의 선율처럼 내 마음을 잔잔하게 감싸 줍니다.

이때 마시는 한 잔의 커피는 분위기 좋은 고급 카페의 비싼 커피보다도 더 맛이 있습니다.

가진 사람들에게는 아무것도 아닌 소박한 즐거움이 가난한 시인이자 작가인 내게는 더없이 고맙고 감사한 일이 아닐 수 없습니다.

그런데 이 소박한 즐거움과 행복을 누리는 것조차 사치스럽다는 생각이 들 때가 있습니다. 가난한 나보다 더 가난한 사람들의 눈물 어린 모습을 볼 때나, 동가식서가숙하는 노숙자들을 생각할 때엔 나의 소박한 즐거움과 행복이 도리어 불편해지곤 하니까요.

이 땅에 나보다 가난한 사람이 없었으면 좋겠습니다. 길 위에서 살아가는 노숙자들이 없는 세상이 빨리 왔으면 정말 좋겠습니다.

오늘도 한 잔의 커피를 마시며 시를 읽고 음악을 들으며 나의 소박한 즐거움을 즐깁니다.

이 작은 행복을 오래도록 누리고 싶습니다.

오월의
어느 멋진 날에

　오월 햇살 좋은 어느 날, 제자들과 송어회를 먹으러 양동에 있는 송어횟집을 갔습니다. 미세먼지로 인해 햇살 좋은 날임에도 하늘은 희뿌옇게 푸른빛을 잃었지만, 달리는 차창 밖으로 푸른 산과 들판을 바라보고 있노라니 마음은 한결 산뜻해졌습니다.

　원주를 떠난 지 50분 만에 횟집에 도착하니 점심을 먹기에는 이른 시간이어서인지 사람들이 드문드문 있었습니다.

　우리 일행은 자리를 잡고 앉아 회를 시켰습니다. 양식장에서 갓 잡아서인지 송어회는 연한 것이 입맛을 한껏 돋워 주었습니다. 제자들과 나누는 이야기 반찬과 함께 먹어서인지 더욱 맛이 있었습니다.

　식사를 마친 우리 일행은 횟집에서 10분 거리에 있는 풍수원 성당으로 향했습니다.

　풍수원 성당은 1905년에 착공하여 1907년에 준공된 건축물로,

우리나라에서 네 번째로 지어진 성당이자 우리나라 신부가 지은 최초의 성당입니다.

성당의 규모는 크지 않으나 고전미와 단순미가 돋보이는 고색창연한 건축물이지요. 정면에는 돌출한 종탑부가 있고, 출입구는 아치형으로 되어 있어 운치를 더합니다. 또 종탑부 꼭대기에는 낮은 8각형의 첨탑이 서 있고, 가장자리마다 작은 첨탑이 서 있으며, 종탑부와 동단에 쑥 내민 다각형 부분에는 뾰족한 아치형의 창이 나 있습니다.

천주교 박해를 피해 숨어든 신자들의 정성이 벽돌마다 촘촘히 배어 있는 듯하여 보는 것만으로도 가슴이 뭉클했습니다.

단순하고 고색창연한 고전미가 돋보여서일까, 오래된 성당은 마치 설법자의 말씀처럼 고고했습니다.

평일인데도 관광버스를 비롯해 많은 차량들이 주차장을 드나들었습니다. 전국 각지에서 순례자들이 몰려올 만큼 풍수원 성당은 역사적인 가치를 지닌 건축물이랍니다.

나는 풍수원 성당이 지닌 건축미에도 매료되었지만, 100여 년 전 천주교 박해를 피해 숨어든 신자들이 항아리를 빚어 생업을 이어가며 신앙을 지키고 살았다는 데에 더 깊이 매료되었습니다.

그들이 목숨을 걸면서까지 신앙을 지킨 것은 종교적 신념에 따른 것이지요. 종교적 신념은 그들을 온갖 핍박과 박해에도 결코 흔들리지 않게 했으며, 그들은 죽음 앞에서도 목숨을 구걸하지 않았습니다. 지금이야 교통이 좋아 깊은 산골도 깊게 느껴지지 않지만, 100여 년 전의 그곳은 육지의 고도孤島와도 같은 곳이었지요. 그런 곳에서 평생을 살면서 자신들의 신앙과 풍수원 성당을 지켜내 후세들에게 찬란한 문화유산으로 남겨 주었습니다.

종교적 신념이든, 정치적 신념이든, 독립을 위한 신념이든, 작가적 신념이든, 기업경영의 신념이든, 예술적 신념이든 자신이 지향하는 신념을 지키기 위해 목숨까지 바쳐 가며 살았던, 그리고 살고 있는 사람들을 보면 그렇게 위대하고 의연할 수가 없습니다. 그래서 그런 사람들을 존엄하게 생각하며 그들의 행적을 높이 찬양하게 되지요.

나 또한 신념이 있습니다. 작가로서의 신념이지요. 출세를 위해, 돈을 위해, 명예를 위해, 권력자를 위해, 출판사의 비위를 맞추기 위해, 시류를 따르기 위해, 힘 있는 무리에 끼기 위해서라면 그 어느 때에라도 글을 쓰지 않는 것이 나의 신념입니다.

나는 내가 지향하는 작가적 신념을 위해서라면 가난하더라도 나만의 방식으로 나만의 철학과 사상을 담아낼 것입니다. 그것이 비록 인정받지 못한다 할지라도 내가 원하는 것을 했다는 것만으로 나는 나를 살 거라며, 언덕에 있는 '십자가의 길'을 걸어 올라가며 다시금 내 작가적 신념에 대해 굳게 다짐했습니다.

풍수원 성당을 다녀오고 나서 그동안 지친 몸과 묵은 마음이 한결 가벼워졌습니다. 나는 맑고 풋풋한 새 에너지로 한동안 나를 힘껏 지탱하며 글을 쓸 겁니다.

　오월의 어느 멋진 날, 그날은 내게 축복과 세심洗心의 시간이었습니다.

사랑하는 사람이
생각날 때 읽는 시

감나무 두 그루가 나란히 서 있는
가을우체국 앞에서 푸른 하늘을 보면

꿈속에서도 그리도 그리워하던
그 사람으로부터 소식이 올 것만 같다.

빨간 우체통이 너무도 예쁜
가을우체국 앞에서 사랑하는 이를 생각하면

사랑하는 이의 해맑은 미소가
눈빛 고운 새가 되어 내 품에 날아와 안길 것만 같다.

단풍나무 붉은 잎이 눈송이처럼 흩어져 내리는
가을우체국 앞에서 휘파람을 불면

한 시도 잊지 못할 그 사람이
한 줄기 노래가 되어
내 마음을 촉촉이 적셔줄 것만 같다.

가을우체국 앞에 서면
언제나 그 언제나
스무 살 그때 그 사랑이 살며시 다가올 것만 같다.

이는 나의 〈가을우체국 앞에서〉라는 시인데, 어느 해 가을날 우체국에 갔다가 문득 시상이 떠올라 쓴 시입니다.

컴퓨터가 보편화되기 전에는 사람들이 우체국을 많이 이용했습니다. 특히 사랑하는 사람에게 자신의 마음을 표현하는 데 편지는 매우 요긴한 수단이었지요. 물론 전화도 있었지만 전화보다는 편지가 자신의 마음을 표현하는 데 부담도 덜하고 자연스러웠기 때문이지요.

그러나 컴퓨터가 보편화되고부터 이런 현상도 사라지고 말았습니다. 손편지 대신 메일이 그 역할을 하게 되었고, 지금은 메일보다도 카톡이나 인스타그램 등 SNS을 매개체로 하여 자신들의 마음을 즉시즉시 주고받습니다. 이처럼 문명은 사람의 정서까지도 디지털 정서로 바꾸어 놓았습니다.

나는 독자들에게 아날로그의 감성을 되살려주고 싶어 〈가을우체국 앞에서〉라는 시를 썼습니다.

사랑하는 사람이 생각날 땐 〈가을우체국 앞에서〉를 읽어 보세요. 사랑하는 사람을 더 깊이 이해하고 사랑하게 될 것입니다.

그리고 아무리 바쁘거나 SNS에 익숙해졌다고 해도, 멀리 떨어져 있든 가까이에 있든 가끔은 사랑하는 사람에게 손편지를 써서 우체국에서 보내 보세요. 받는 사람은 더욱 애틋한 사랑의 감정을 느끼게 됨으로써 당신을 더욱 사랑하게 될 테니까요.

푸른 기쁨
맑은 생각

대지를 뚫고 솟는 저 힘,

저 끈질긴 힘, 힘, 힘

어느 햇살 좋은 날

뜰 아래에서 펼쳐진 생명의 전율이여.

나의 다섯 번째 시집 《따뜻한 별 하나 갖고 싶다》에 들어 있는 〈새싹의 힘〉이란 시입니다.

아주 오래전, 당시 내가 살고 있는 아파트 뒤에는 낮은 산이 있었는데, 숲으로 우거져 도심에서는 마치 자연공원과도 같은 곳이었지요. 샘물도 있고, 오솔길도 나 있어 산책을 하기에 딱 좋은 곳이었습니다.

어느 해 봄, 그 산에 산책을 갔다가 땅을 뚫고 막 올라오는 새싹을 보게 되었습니다. 그 모습을 보는 순간 내 입가에는 나도 모르게 기쁨의 미소가 번져났습니다. 그 모습이 어찌나 앙증맞은지 나는 그 자리에 앉아 아기 볼을 쓰다듬듯 새싹을 가만가만 쓰다듬었습니다. 그 여린 것이 겨우내 얼어붙었던 땅을 뚫고 솟아난 것이지요.

나는 너무도 대견해 딸아이에게 하듯 "새싹아, 어쩌면 이리도 예쁘니. 무럭무럭 자라나렴. 그래서 사람들에게 기쁨을 주고 많은 사랑을 받으렴." 하고 말해 주었습니다.

그때 그 느낌을 짧고 간결하게 쓴 시가 바로 〈새싹의 힘〉입니다.

조병화 시인은 살아생전 이 시를 읽고 참 좋다고 한껏 칭찬을 하며 시집에 추천의 글을 써 주었습니다.

지금도 이 시를 읽을 때면 그때 기억이 새록새록 피어나면서, 내 입가에도 맑은 미소가 피어나곤 합니다.

03

감동에
젖다

◆◆◆——

우연히 페이스북을 보다
감동적인 장면을 보게 되었습니다.

아기 코끼리가 놀다 그만 물에 빠지고 말았습니다.
순간 옆에 있던 엄마 코끼리가
너무 놀라 당황하자 저쪽 편에 있던 코끼리가
무거운 몸을 흔들며 쏜살같이 달려왔습니다.

엄마 코끼리보다 몸집이 훨씬 큰 것으로 보아
아빠 코끼리인 듯했습니다.

엄마 아빠 코끼리는 얼른 물속으로 들어가
아기 코끼리가 물 밖으로 나올 수 있도록
물막이 벽처럼 아기 코끼리를 감쌌습니다.

아기 코끼리는 엄마 아빠 코끼리의 보호 속에
무사히 물 밖으로 나올 수 있었습니다.

코끼리는 동물 중에서도 지능이 높다고 합니다.
그래서일까, 엄마 아빠 코끼리의 모습은
영락없는 인간 엄마 아빠의 모습 그대로였습니다.

마치 한 폭의 멋진 풍경을 본 것 같은
깊고 뜨거운 감동은 지금도 내 가슴에
푸른 감동의 물결로 살아 흐르고 있습니다.

우리는 누구나 할 것 없이
감동이 있는 삶을 살아야 합니다.
감동이 있는 인생처럼
행복한 것은 없기 때문입니다.

어떤
날

어떤 날은
왠지 좋은 일이 생길 것 같다는
생각이 든다.

사랑하는 사람으로부터
듣기 원했던 말을 들을 것만 같아
가슴 설레기도 하고,

오랫동안 소식이 두절된
보고 싶은 친구로부터 연락이 올 것 같기도 하고,

내가 간절히 바라던 일이
꼭 이뤄질 것만 같아

그냥,
아무렇지도 않게 좋다.

천상병 시인

나는 〈귀천〉으로 유명한 천상병 시인의 시를 좋아하고 즐겨 읽습니다. 내가 그의 시를 즐겨 읽는 것은 억지로 꾸미거나 멋을 내기 위해 불필요한 언어를 남발하지 않는 데 있습니다.

그의 어떤 시는 이런 것도 시가 되나 할 만큼 시답지 않은 평범한 언어로 쓰여 있는데, 도리어 그런 점이 더 가슴에 와 닿게 하지요. 그래서 천진하다고 할 만큼 맑은 동심이 느껴지기도 한답니다.

그리고 살아생전의 천상병 시인을 좋아했던 것은 그가 가난했지만 가난을 즐길 줄 아는 시인이었기 때문입니다.

그가 살아생전 부인 목순옥 여사는 인사동에서 '귀천'이란 아주 작은 찻집을 했는데 거기서 버는 돈으로 생활을 했습니다. 목순옥 여사가 출근하면서 약간의 돈을 주고 가면 천상병 시인은 그 돈으로 막걸리도 마시고 해장도 하고 담배도 사고 했답니다. 그는 그게 너무 좋다고 했습니다.

이처럼 순진무구한 그의 마음을 잘 알 수 있게 하는 것은 〈나의 가난은〉이란 시입니다. 이 시에서 그는 한 잔의 커피와 갑 속의 두둑한 담배와 해장을 하고도 버스값이 남은 것에 대해 행복해합니다.

그리고 그는 가난하지만 햇빛에 떳떳할 수 있는 것은 햇빛에도 예금통장이 없기 때문이라고 했습니다.

이 얼마나 순진무구한 발상이며 천진난만한 마음인지요.

가난이 죄가 되는 세상에서 그는 자신의 가난을 아무렇지도 않게 여기며 즐길 줄 앎은 물론 그것을 행복하게 생각했던 것입니다.

천상병 시인의 이런 마음은 시〈귀천〉에서도 볼 수 있는데, 그는 아름다운 소풍 끝내는 날 가서 아름다웠다고 말하겠다고 합니다.

평생을 가난하게 산 그가 이처럼 의연할 수 있는 것은 가난을 행복으로 받아들일 줄 아는 그의 넉넉한 마음에 있습니다.

그래서일까, 그의 시는 언제 읽어도 나를 따뜻하게 합니다.

누군가를
기분 좋게 한다는 것은

나는 우체국을 많이 이용합니다. 우편물이나 택배를 보내는 것은 물론 공과금 납부와 금융거래도 우체국을 이용합니다. 우체국에 가면 이상하게도 마음이 편안해지는 까닭이지요.

그러던 어느 날 은행에 볼일이 생겨 아주 오랜만에 은행을 갔습니다. 은행에는 많은 사람들이 대기하고 있었습니다. 우체국과는 다른 모습에 낯설기까지 했습니다.

한 시간 정도 기다린 끝에 직원과 대면을 하게 되었습니다. 여직원은 내가 궁금해하는 것을 아주 상냥하고 친절하게 설명해 주었습니다.

그런데 그녀가 고객인 나를 대하는 자세는 단순히 업무적인 것이 아니라, 아주 자연스럽게 몸에서 우러나오는 것이었습니다. 마치 늘 마주치는 이웃과도 같은 자연스러운 말과 행동이 매우 친근했던 것이지요.

특히 그녀의 단아한 몸가짐과 미소가 참 예뻤습니다. 나는 고객을

105

편안하게 하고 기분 좋게 하는 그녀를 보며, 사람들과의 관계에서 첫 이미지가 얼마나 중요한지를 새삼 느꼈습니다.

볼일을 마치고 일어서는데 그녀가 방긋 웃으며 "저희 은행을 이용해 주셔서 감사합니다."라고 인사를 하였습니다. 나 또한 친절하게 상담에 응해 주어서 감사하다는 말을 하며 기분 좋게 은행을 나왔습니다.

사람을 기분 좋게 하는 말과 행동에는 돈이 들지 않습니다. 진정성 있게 친근하고 친밀감을 느끼도록 하면 됩니다. 물론 그렇게 하는 것이 쉽지는 않습니다. 성격적으로 맞지 않을 수도 있고, 몸에 배지 않으면 하기 어려운 일이기 때문이지요.

그러기에 은행 여직원이 보여 준 말과 행동은 아주 바람직한 일임은 물론 내 가슴을 따뜻하게 해 준 행복의 비타민이었습니다. 집으로 오는 발걸음이 날아갈 듯 가벼웠습니다.

누군가를 기분 좋게 한다는 것은 참으로 행복한 일입니다. 그것은 상대는 물론 자신에게도 기분 좋은 일이니까요.

글 쓰는 즐거움

내 에세이 《허기진 삶을 채우는 생각 한 잔》을 읽고 궁금한 것이 있어 나에게 메일을 보낸 독자에게 답을 해 준 적이 있습니다.

그 독자가 또 감사 메일을 보냈습니다. 내 책을 읽고 '게으름'에 대해 생각하며 자신을 돌아보는 계기가 되었다고 말했습니다.

그리고 에세이에 들어 있는 〈책〉이란 시를 읽고 울컥하는 감정과 함께 눈물이 났다고 했습니다. 그러고 나서 '나도 누군가의 감정을 건드리는 시를 쓴 적이 있는가?'에 대해 생각하는 시간을 갖게 되었고, 스스로가 한 걸음 성장한 계기가 되었다고 했습니다. 그리고 좋은 작품을 써 주어서 감사한 마음을 전하고 싶었다고 했습니다.

책을 읽고 좋은 글을 써 줘서 감사하다는 독자들의 메일을 받을 때마다 글을 쓴다는 것에 대한 즐거움과 보람을 느끼곤 합니다. 특히 내가 쓴 글의 의도를 정확히 알고 그대로 실천하고 있다며 메일을 보내올 땐 더욱 감사함과 행복을 느낍니다.

누군가에게 깨달음을 주고, 삶의 가치관을 새롭게 정립하게 하는 글을 쓴다는 것은 참으로 의미 있고 가치 있는 일이기에 글 쓰는 일은 생산적이며 창조적인 행위가 아닐 수 없습니다. 그런 까닭에 더 많이 읽고, 더 많은 것을 보고, 느끼고, 경험하고, 사색하고, 공부한다는 것은 작가의 의무이자 책임이라고 생각합니다.

나에게 글쓰기의 즐거움과 보람을 갖게 해 준 독자에게 감사한 마음을 담아 메일을 보냈습니다. 나는 그녀가 자신이 원하는 삶을 잘 살아가기를 빌어 주었습니다.

그녀를 감동시키고 한 걸음 성장하게 했다는 시 〈책〉을 소개하니 음미해 보는 것도 좋을 듯합니다.

내 방의 주인은
내가 아니다.

내 방엔 커다란 의자가
두 개 있는데
그 의자까지도 책들이
차지하고 앉았다.

마치, 그 모습이
꼿꼿한 옛 선비를 닮았다.

내 영혼을 맑게 씻어 주고

내 심장을 타고 흐르는
뜨거운 피를
더욱 뜨겁게 만들어 주는
책

내 방의 주인은
책이다.
책이 있어
나의 행복은 무궁하다.

어서 와 친구,
오늘도 수고했어

길을 지나다
눈에 띄는 간판을 보고 미소 지었습니다.

카페였는데 상호가
〈어서 와 친구, 오늘도 수고했어〉이었거든요.

주인의 재치가 느껴지며
주인이 참 따뜻한 성품을 지닌
사람이겠다는 생각이 들었지요.

그래서 그 카페에 들어가면
반가운 친구를 만난 듯
마음이 참 평안할 거라는 생각이 들더군요.

따뜻한 한마디 말이 감동을 주듯
좋은 문구는 기분을 좋게 하지요.

한마디 말도 따뜻하게 하고,
글을 쓸 때 낱말 하나도 성의껏 쓴다면
우리의 삶은
보다 더 따뜻하고 행복해질 것입니다.

그 사람의 행적은
그 사람의 삶의 향기다

  모처럼 화창한 가을날 시내에서 볼일을 마치고 집으로 걸어서 왔습니다. 이렇게 좋은 날씨에 걷지 않는다는 것은 날씨에게 대단히 미안한 일이라서 산책하듯 집으로 향했던 것이지요. 집 근처에는 나지막한 동산과 군데군데 텃밭이 있는데 나는 그곳을 지날 때가 참 좋습니다. 그곳을 지나갈 땐 마치 시골길을 걷는 듯한 착각이 일곤 하니까요.

  나는 최대한 속도를 늦춰서 걸었습니다. 걷는 즐거움을 만끽하고 싶었지요. 그렇게 걷다 그곳을 지나 막 길모퉁이를 돌 때였습니다. 고소한 들깨 향이 코를 신선하게 자극했습니다. 나는 들깨 향에 취해 그만 그 자리에 딱 멈춰 섰습니다. 할머니가 들깨를 털고 있었습니다. 들깨가 그처럼 향이 짙은지 처음 알았습니다.

  "할머니, 들깨 향이 참 좋네요."

  "기름을 짜기 전엔 참깨 냄새보다도 들깨 냄새가 더 좋지요."

  할머니는 이렇게 말하며 웃었습니다.

"들깨 향이 이렇게 좋은 줄 몰랐어요."

"그러겠지요. 그것은 들깨를 길러 본 사람만이 아니까."

할머니는 이렇게 말하며 들깨가 멍석을 벗어나지 않게 조심히 털었습니다. 들깨 한 알이라도 소중히 하려는 할머니 모습은 때 묻지 않은 자연의 순수를 그대로 닮았습니다.

나는 연신 숨을 들이마시며 다시 발길을 옮겨 놓았습니다.

그런데 집으로 오는데 계속 들깨 향이 났습니다. 그곳에 잠깐 멈추어 섰던 것뿐인데 그 사이 몸에 뱄나 봅니다. 나는 기분 좋은 들깨 향을 맡으며 집으로 왔습니다.

사람에게도 그 사람만의 향기가 있습니다. 그 사람이 쓰는 향수라든가 화장품이 마치 그 사람의 향기처럼 여겨지지만 이것은 어디까지나 인위적인 것이지요.

진짜 그 사람의 향기는 그 사람이 살아가는 방식에 있습니다. 그 사람의 행적에 그 사람만의 삶의 향기가 배어 있는 것이지요. 그렇기 때문에 삶을 아무렇게나 살아서는 안 되는 것입니다. 행적이 맑고 깨끗하면 그 사람의 삶의 향도 향기롭지만, 행적이 지저분하면 그 사람의 삶의 향은 악취를 발하게 되지요.

인생이란 무엇이 되느냐도 중요하지만, 어떻게 사느냐 하는 것은 더욱 중요하지요. 그러기에 삶을 함부로 살아서는 안 됩니다.

"향수 가게에 들어가 아무런 향수를 사지 않더라도 가게를 나왔을 때는 냄새가 난다."

이는 《탈무드》에 나오는 말로 향수를 사지 않아도 향수 냄새가 나는 것처럼, 누구를 만나고 누구와 함께 하느냐에 따라 그 사람의 삶의 향기를 느낄 수 있습니다.

좋은 사람과 함께 하면 좋은 말을 듣게 되지만, 나쁜 사람과 함께 하면 그것만으로도 나쁜 말을 듣게 되지요. 그런 까닭에 누구와 어울리고 어떻게 살아가느냐 하는 것 또한 그 사람의 행적으로 나타나게 되고, 결국 그것은 그 사람의 삶의 향기로 인식되어지는 것이지요.

자기만의 좋은 삶의 향기가 나는 사람이 되어야 합니다. 그것은 곧 자신의 삶에 대한 기록으로 남을 것이기 때문입니다.

고마웠어,
나무

◆◆◆—
산책길에 늘 있던 나무가
어느 날인가 베어지고 나서부터는
산책하기가 싫어졌습니다.

집을 짓기 위해 나무를 베어냈다는
얘기를 듣고
참 좋은 친구를 멀리 떠나보낸 듯
한동안 마음이 착잡했습니다.

여름에는 그늘을 만들어 주고,
갑자기 비가 오면 비를 막아 주던 나무였는데
나무가 없고 보니 미안하고
너무 고마웠다는 생각이 들었습니다.

어느 날 산책하던 중 나무가 서 있던 자리를 향해
"나무야, 그동안 정말 고마웠어."
라고 말하며 뒤늦게 고마운 마음을 전했습니다.

나무도 이런 내 마음을 알 거라는
어린아이 같은 생각에
미안하던 마음이 조금은 풀리는 듯했습니다.

아낌없이 모든 것을 다 내어 주는 나무,
나무의 또 다른 이름은 '사랑'입니다.

내 날마다 세 가지를
스스로 반성한다.
남을 위해 일을 함에
성실을 다했는가?
친구와 더불어 사귐에
신의가 있었는가?
익히지 않은 것을
남에게 전하지는 않았는가?

_증자

CHAPTER 3

나를 만나는 시간

알래스카 원주민의
기도법

알래스카 원주민들은 비가 오지 않으면 기우제를 지냅니다.

그런데 그들이 기우제를 지내기만 하면 백 퍼센트 비가 오는데, 바로 비가 올 때까지 기도를 하기 때문이라고 합니다.

나는 처음 이 말을 듣고 웃음이 나왔습니다. 참으로 미련스러운 기도법도 다 있구나, 라는 생각에서지요.

그러나 나는 그들의 순박하도록 미련한, 아니 미련하도록 순박한 기도법에 감동하였습니다. 비가 올 때까지 기도를 한다니, 그 기도가 백 퍼센트 응답받는 것은 당연한 일이지요.

그들의 기도법이야말로 최고의 기도법입니다. 그것은 최선을 다하는 것이기 때문이지요.

그런데 원주민들의 삶에도 변화가 일어났습니다. 그들은 물고기를 잡거나 사냥을 할 때 꼭 필요한 만큼만 했는데, 알래스카에 미국 본토 사람들이 이주하여 닥치는 대로 물고기와 동물을 사냥하는 것을 보고 생각을 바꾸게 된 것이지요.

원주민들에게 물고기와 동물 사냥은 배를 채우고 가죽으로 옷을 해 입는 등 기본적인 삶의 양식이었지만, 본토에서 온 사람들의 사냥은 돈을 버는 수단이었습니다. 원주민들의 삶의 양식과는 현저히 달랐던 것이지요. 이에 삶의 두려움을 느낀 원주민들도 본토에서 온 사람들처럼 물고기와 동물을 필요 이상으로 사냥해서 비축해 두거나 팔아서 자신들에게 필요한 것들을 구입하게 되었지요.

자연의 질서를 따르고 미련하도록 순수하고 순박했던 원주민들은 물질문명에 길들여진 본토 사람들로 인해 삶의 양식을 바꾸게 되었지만, 지금도 기우제를 지낼 땐 비가 올 때까지 한다고 합니다.

원주민들의 기도법만큼은 바꿀 수 없었던 것입니다. 그것은 그들에겐 선조 때부터 대대로 이어져 온 오랜 전통이자 혼魂과도 같았으니까요.

나는 지금도 알래스카 원주민들의 기도법을 생각하면 맑은 미소를 짓곤 합니다.

연리지 단상斷想

　연리지란 뿌리가 다른 나뭇가지들이 서로 손을 잡듯 붙어 있는 모습을 이르는 말입니다.

　나는 말로만 듣던 연리지를 실제로 보고 그 신비스러움에 이리저리 한참을 보고 또 봤습니다. 마치 사랑하는 연인이 손을 꼭 잡고 있는 듯, 그 모습만으로도 사랑이 느껴졌으니까요.

　함께 한다는 것은 아름답고 보기 좋은 일이지요. '함께'라는 말 속엔 사랑, 화목, 평안의 의미가 내포되어 있기 때문입니다.

　그런데 요즘 데이트 폭력이란 말이 종종 언론에 보도되곤 합니다. 사랑하는 사이가 폭력으로 인해 깨지는 경우가 많다는 것은 사랑의 가치가 씹다 버린 껌만큼이나 천박해지고 가벼워졌다는 방증이지요.

　사랑이란 흐르는 강물처럼 자연스러워야 하고, 활활 타오르는 용광로처럼 뜨거워야 하고, 사랑하는 이가 위급할 땐 나를 던져서라도 지켜내야 하고, 내가 가진 것 중 가장 좋은 것을 줄 수 있어야 하고, 사랑하는 이의 눈에서 눈물이 나면 같이 슬퍼할 수 있어야 하고, 사랑하는 이가 기뻐할 땐 함께 크게 기뻐할 수 있어야 합니다.

그런데 자신과 맞지 않은 일이 있다고 해서 또는 사랑하는 이의 마음이 예전 같지 않다고 해서 사랑하는 이에게 폭력을 행사한다는 것은 용서받지 못할 행동입니다.

설령 사랑하는 이와 헤어지게 된다 해도 지금까지 사랑했던 사람이라는 것을 잊어서는 안 됩니다. 처음 만나 기쁨으로 사랑을 시작하고 이어왔듯, 헤어질 땐 서로의 앞날을 빌어 주면서 의연하게 헤어질 수 있어야 합니다. 이것이야말로 사랑하는 이에 대한 예의이며, 사랑의 가치를 존중하는 일이니까요.

만일 사랑하는 이와 헤어지는 일이 생기게 된다면 그의 앞날을 빌어 주며 의연하게 이별하세요. 그것이야말로 자신에게 부끄럽지 않은 가치적 사랑이니까요.

꽃이 말하듯이 하라

각 나라마다 언어가 있듯 꽃들도 자기들만의 말이 있습니다. 바로 향기입니다. 향기는 꽃이 하는 말입니다. 장미는 장미의 말을 하고, 백합은 백합의 말을 하고, 프리지어는 프리지어의 말을 합니다.

꽃들은 남의 말을 흉내 내거나 실수를 하지 않습니다. 오직 자기들만의 말을 할 뿐입니다.

그런데 만물의 영장인 사람들은 어떻습니까. 오늘날의 높은 문명을 이뤄낸 똑똑하고 영민한 존재임에도 나와 맞지 않으면 상대를 온갖 말로 공격하고 비판하여 곤경에 처하게 합니다. 함부로 하는 말엔 독毒이 있어 상대를 해치게 합니다. 나아가 자신도 해치게 됩니다.

사람들은 이 사실을 망각한 채 온갖 말로 상처를 주고, 아픔을 주고, 눈물을 흘리게 하고, 쓰러지게 만듭니다. 심지어 그것이 잘못인 줄도 모릅니다. 이것이 지금 우리 사회의 현실입니다.

특히 정치하는 이들 중 어떤 이들의 말은 말이 아니라 말의 쓰레기입니다. 그들의 말이 더 추악한 것은 쓰레기는 재활용이라도 되지만, 그들의 말은 재활용도 안 된다는 것입니다. 게다가 말실수는 어쩌나 많이 하는지 일일이 나열하기도 힘들 정도입니다.

이처럼 표독하고 아무짝에도 쓸모없는 말을 한다는 것은 스스로에게 화살을 겨누는 것과 같습니다.

사람들이 하는 착각 중 가장 심한 것은 자신이 제일 똑똑하다고 믿는 것입니다. 그러면서도 온갖 실수를 밥 먹듯 하는 것은 인격을 제대로 갖추지 못했기 때문이지요.

우리는 꽃에게 배워야 합니다. 꽃은 절대로 실수를 하는 법이 없으니까요.

그렇습니다. 우리는 꽃이 말하듯 서로에게 말해야 합니다. 꽃이 저마다의 향기를 사람들에게 주듯, 사람 또한 상대에게 기쁨을 주고, 꿈을 주고, 용기를 주는 아름다운 말을 해야 합니다. 그것은 곧 자신에게도 그대로 되돌아오기 때문이지요.

돈을 가치 있게
쓰는 법

같은 돈이라도 가치 있게 쓰면 황금같이 되지만, 가치 있게 쓰지 못하면 돌같이 되고 맙니다. 어떻게 쓰느냐에 따라 가치가 달라지는 것이지요.

돈을 가치 있게 쓰는 사람들은 자신의 재산은 자신만의 것이 아니라고 생각합니다. 자신이 돈을 벌 수 있었던 것은 자신이 경제활동을 할 수 있도록 사회와 시민들이 밑바탕이 되었다고 생각합니다. 즉 자신이 돈을 버는 데 사회와 시민들이 직간접적인 영향을 끼쳤다고 생각하는 것이지요.

이런 생각이 그들로 하여금 자신의 금고를 열게 하는 요인이지요. 이에 관한 아름다운 이야기입니다.

2019년, 미국 조지아 주 애틀랜타에 있는 모어하우스 대학 졸업식장에서 축사를 하던 로버트 스미스는 졸업생들에게 이렇게 말했습니다.

"졸업생 여러분의 학자금 대출을 모두 갚아 드리겠습니다."

스미스의 말에 졸업생들은 잠시 놀란 표정을 짓더니 이내 환호성을 질렀습니다. 학자금 대출을 갚아 준다는 것은 사회에 진출하는 졸업생들에게는 너무도 큰 선물이기 때문이지요. 스미스가 갚아 준다는 학자금 대출 총액은 4천만 달러로, 한화로는 약 478억이나 되는 엄청난 액수입니다.

이처럼 엄청난 액수를 내놓은 스미스는 텍사스 오스틴에 있는 투자회사 비스타 에퀴티 파트너스의 창업자입니다. 그가 천문학적인 돈을 기부한 이유는 졸업생들이 사회에 나가 학자금 대출 갚을 걱정 없이 홀가분하게 자신이 하고 싶은 일을 시작하라는 마음에서라고 하니 그 마음 씀씀이가 참으로 고귀하지 않을 수 없습니다.

스미스는 2017년에 자신의 재산 절반을 사회에 환원하기로 '기부서약'을 하고 꾸준히 자선활동을 해 오고 있습니다. 그는 돈을 가치 있게 쓰는 법을 잘 알고 행하는 진정한 자선가입니다.

미국의 기부 1세대인 앤드루 카네기와 존 데이비슨 록펠러는 자신이 힘들게 번 돈을 사회에 환원함으로써 미국 사회에 '기부의 근간'을 이룬 사람들입니다. 미국 사회의 기부문화가 그 어느 나라보다도 활발한 데에는 카네기와 록펠러의 영향이 절대적이지요.

그에 비하면 우리나라는 기부문화가 활발하지 못합니다. 특히 가진 자들의 기부는 인색하기 짝이 없습니다. 금고에 돈을 가득 쌓아 두고도 세금을 포탈하고 비윤리적인 방법을 동원해서라도 금고를 채우려는 데에만 혈안이 되어 있지요. 진정한 돈의 가치가 무엇인지도 모르는 사람들이지요.

돈은 가치 있게 쓸수록 더욱 가치를 드러내는 법입니다. 가치 있는 돈이야말로 진정한 돈인 것이지요.

머나먼 나라에서 들려온 소식에 내 마음은 참 흐뭇했습니다. 아름다운 이야기는 언제든 마음을 따뜻하게 하고 행복하게 하니까요.

둘레길을 걸으며

　모처럼 구름 한 점 없이 맑고 화창한 날 오후, 시집을 펼쳐 들고 읽는데 진도가 잘 나가지 않았습니다. 눈길이 자꾸만 열어 놓은 현관 밖으로 향했기 때문이지요. 날씨가 어찌나 맑고 화창한지 자리에 앉아 있는 게 날씨에게 미안하다는 생각이 들었습니다. 나는 더이상 날씨의 유혹을 뿌리치지 못하고 외출 준비를 했습니다. 외출 준비라고 해 봐야 머리를 잠시 매만지고, 선크림을 바르는 것이었습니다.

　외출 준비를 끝낸 나는 목적지를 정하지 않고 밖으로 나갔습니다. 아파트를 벗어나 발길이 향하는 대로 걸었습니다. 걷는 것만으로도 그냥 좋았습니다. 길가 가로수의 초록 짙은 나뭇잎에선 금방이라도 초록물이 뚝뚝 흘러내릴 것만 같았습니다. 입을 벌리고 활짝 웃는 꽃들도 더 예뻐 보였습니다. 길을 오가는 사람들의 표정 또한 밝고 환했습니다.

　맑고 화창한 날씨는 보이는 모든 것들을 아름답게 바라보게 하고,

느끼고 생각하게 했습니다.

천천히, 최대한 천천히 걷다 보니 체육공원 숲에 다다랐습니다. 나는 체육공원에 조성된 둘레길을 따라 발길을 옮겼습니다. 체육공원 숲을 따라 죽 이어진 둘레길은 뜨거운 햇빛을 가려 주어서인지 한낮에도 사람들이 제법 북적였습니다. 나는 최대한 속도를 늦춰 천천히 걸었습니다. 좀 더 맑은 날씨를 느끼고 싶었고, 둘레길을 따라 피어 있는 꽃들과 눈 맞춤을 하며 이야기하고 싶어서였지요.

간간히 불어오는 바람엔 싱그럽고 풋풋한 냄새가 배어 있어 나는 연신 크게 숨을 들이마셨습니다. 맑은 공기를 맘껏 들이킬 수 있다는 것이 참 행복하다는 생각이 들었습니다. 황사와 미세먼지로 맑은 하늘 보기가 힘들어진 요즘, 오늘같이 티 없이 맑은 공기를 마실 수 있는 것은 대단한 선물처럼 생각되었으니까요.

둘레길을 돌고 나자 몸과 마음이 한결 가벼워지고 맑아졌습니다. 나는 시원한 음료수를 사서 나무 그늘 아래 벤치에 앉아 마셨습니다. 햇살 좋은 날 산책하고 마시는 천오백 원짜리 음료는 근사한 카페에서 마시는 비싼 음료보다도 더 시원하고 맛있었습니다.

나는 그렇게 두 시간가량을 천연자연카페에 앉아 몸과 마음에 쌓였던 삶의 먼지를 말끔히 씻어내고 자리에서 일어났습니다.

그리고 천천히 발길을 옮겨 놓았습니다. 집에서 나올 때보다 발걸음이 가벼워져서일까, 마치 구름 위를 둥둥 떠가는 듯 상쾌했습니다.

오늘 하루는 자연이 내게 준 최고의 선물이었습니다.

그늘
한 점

무더운 여름날,

나무가 만든
시원한 그늘 한 점은 사랑입니다.

우리에게도
그런 사랑이 필요하고,

그런 사랑이
되어야 합니다.

비 오는 여름날
오후 한때

무더운 여름날 오후, 맑은 하늘이 갑자기 캄캄해지더니 비가 내립니다. 내리는 빗소리가 마치 멋진 음악처럼 귀를 즐겁게 합니다. 나는 자리에서 일어나 아파트 복도로 나가 내리는 비를 바라봅니다.

빗소리가 마치 흥겨운 음악처럼 경쾌합니다. 음악 감상을 하듯 얼마간 빗소리에 귀를 적시고 나니 끈적거리던 무더위가 가신 듯 마음이 한결 가벼워짐을 느낍니다.

빗속을 걸어가는 사람들도 거리를 줄지어 내달리는 차들도 생기가 도는지 거리에 푸릇푸릇 생동감이 넘칩니다.

그렇습니다. 무더운 여름날 내리는 비는 오랜만에 만나는 친구처럼 생기를 돌게 하지요. 내 몸에도 푸른 생기가 도는지 한결 몸과 마음이 가벼워짐을 느낍니다.

무더운 여름날 내리는 비는 더 이상 비가 아닙니다. 그것은 하늘이 우리에게 보내는 선물입니다. 그래서 사람도 나무도 꽃도 풀도 모두가 비를 반갑게 맞이합니다.

　몸을 돌려 집으로 들어오려는데 아파트 뒷동산에서 뻐꾸기 소리가 들려옵니다. 내리는 빗소리에 뻐꾸기의 청량한 소리가 더해지자 한층 더 시원함을 느낍니다.

　나는 집으로 들어오려던 것을 잠시 늦추고 이번에는 뻐꾸기 소리에 온전히 귀를 맞춥니다. 뻐꾸기 소리에 귀가 젖어들자 몸에서 푸른 향기가 나듯 상큼한 기분에 사로잡힙니다. 빗소리와 뻐꾸기 소리는 멋진 하모니를 이루며 한동안 이어졌습니다.

　무더운 여름날 오후 한때, 나는 자연이 들려주는 음악에 젖어 순수 무구의 축복을 누렸습니다.

　참으로 은혜로운 날이었습니다.

여름밤 풍경 한 컷

무더운 여름밤 글을 쓰다 잠시 접고, 머리를 식힐 겸 밖으로 나갔습니다. 아파트 벤치에 잠시 앉아 있는데 갑자기 걷고 싶어졌습니다. 산책길을 따라 한 바퀴 돌아보기 위해 자리에서 일어나 아파트를 나섰습니다.

골목을 지나가는데 더위를 식히러 나온 사람들이 군데군데 삼삼오오 모여 이야기를 하고 있었습니다. 여름날 흔히 볼 수 있는 풍경이 정겨운 그림처럼 다가왔습니다.

저만치 가는데 누가 무슨 말을 했는지 갑자기 사람들이 깔깔대고 웃었습니다. 사람들의 웃음소리가 그 어떤 악기 소리보다도 흥겨워 나도 모르게 그만 피식 하고 웃고 말았습니다.

순간, 어린 시절이 떠올랐습니다. 무더운 여름밤이면 동네 사람들이 마당 넓은 집 마당에 돗자리를 깔고 우르르 모여 앉아 이 얘기 저 얘기를 하며 더위를 쫓았지요.

나를 비롯한 아이들도 옹기종기 모여 술래잡기를 하거나 말타기
놀이를 하다 지치면 흘러내리는 땀을 손등으로 쓰윽 훔치고는 짠
듯이 둘러앉아 누가 더 옛날이야기를 잘하나 이야기 자랑을 하였습
니다. 어떤 아이는 교회 여름성경학교에서 들은 이야기를 동화구연
을 하듯 하는가 하면, 또 다른 아이는 빤히 다 아는 이야기를 마치
처음 하는 것처럼 침을 튀겨 가며 말했지요.

또 어떤 아이는 같은 말도 어쩜 그리도 못하는지 이야기를 하다
생각이 안 나 머뭇거려 옆에 있는 아이가 귓속말로 알려주면 "아참,
그렇지." 하며 이야기를 이어나갔습니다. 그러면 아이들은 재미없
다며 투덜거리고 이야기를 하던 아이는 입을 삐죽이며 "이제부터
너랑 안 놀아." 하고 토라지기 일쑤였습니다.

그러나 그것도 잠깐, 이야기 자랑이 끝나고 나면 언제 그랬느냐는
듯 까르르 웃으며 아무 일도 없었던 것처럼 여전히 어울렸습니다.

이처럼 어울리던 아이들은 어머니나 할머니가 주는 삶은 감자나
수박 한 조각에 마냥 신이 나 행복해했습니다.

가난했던 그 시절 여름밤은 왜 그리도 긴지, 한참을 놀아도 밤은
내내 이어졌습니다. 그러다 보면 아이들은 그 자리에 쓰러져 잠이
들었습니다. 그렇게 잠이 들면 이야기를 끝낸 어른들이 잠에 취해
비틀거리는 아이들을 업거나, 깨워 손을 꼭 잡고 집으로 데리고 가
곤 했습니다.

아주 오래전 그 시절 그 풍경이 수십 년이 지난 지금, 내가 지나가
는 골목에서 재연되고 있었던 것입니다.

나는 빛바랜 흑백사진을 본 것처럼 그 시절이 아련하고 마음이 찡해졌습니다. 세월이 가면 그 시절은 가고 없지만, 사람에겐 기억이란 장치가 있어 그 시절을 태엽 감듯이 감아올릴 수 있으니, 이는 축복임에 틀림없습니다.

물론 기억하고 싶지 않은 일도 있지만, 지난 일은 모두 추억으로 남아 마음에 지울 수 없는 기억의 섬으로 간직되어 있지요.

산책길을 천천히 한 바퀴 돌고 다시 골목으로 오는데 아직도 몇몇 사람들은 이야기에 취해 있었습니다. 하나같이 그 어린 시절 동네 사람들을 보는 듯해 그저 신기할 따름이었지요.

편의점에 들러 시원한 음료수를 사서 목을 축이니 차가운 기운으로 온몸에 짜르르 전율이 일었습니다.

글 쓰다 나와 잠시 머리를 식힌다는 게 그만 두 시간이 훌쩍 지나가 버렸습니다. 그래도 좋았습니다. 소중했던 지난날의 기억을 끄집어내 맘껏 즐겼으니 이 또한 내겐 의미 있는 시간이 되었으니까요.

어린 시절이나 지금이나 여름밤은 길고도 깁니다.

참 고맙다, 숲

몹시 무더운 여름날 볼일을 보고 오는데 어찌나 더운지 머리가 어질어질하고 숨이 탁탁 막혔습니다. 자외선이 높다 보니 눈이 부셔 걷는 데 더 힘이 들었습니다.

나는 집으로 오는 골목길 입구에 들어서자마자 자리에 멈추어 섰습니다. 방향을 틀어 골목 옆에 있는 작은 동산 숲에서 잠시 쉬기 위해서였지요.

나무숲에 가까이 가자 온몸을 부드럽게 감싸 오는 시원함에 더위가 싹 가시는 기분이었습니다. 나는 얼른 그늘에 들어 넓적한 돌에 앉았습니다. 살 것 같다는 말이 있듯, 정말 살 것 같은 기분이었습니다.

좌우 앞뒤로 숲이 이룬 그늘이 길게 뻗어 있어 참 고마웠습니다. 그늘을 만들어 준 숲은 더더욱 고마웠지요.

도심 곳곳에 숲이 있다는 건 대단한 축복입니다. 숲이 있는 곳은 공기가 맑고, 특히 여름이면 그 혜택을 톡톡히 보기 때문이지요.

숲은 인간에게 반드시 필요한 존재이며, 부모의 품과 같이 넉넉하고 풍요롭습니다. 더욱이 요즘에는 미세먼지로 깨끗한 공기를 마실 수 없다 보니, 숲이 더욱 절실하게 다가옵니다.

해마다 많은 나무를 심어 전국을 하나의 숲 동산으로 만들어야 합니다. 전국을 숲 공원화시키면 숲이 분출하는 공기로 인해 미세먼지를 맑게 씻어내는 데 큰 도움이 될 것이기 때문입니다.

그렇습니다. 숲은 자연의 커다란 허파입니다. 전국이 울창한 숲으로 둘러싸일 수 있도록 나무를 심는 일에 정부와 지자체, 그리고 국민 모두가 열심을 다해야 합니다. 황사와 미세먼지를 제거하는 데 있어서는 숲이 최선의 길이니까요.

숲 그늘에 있다 밖으로 나오니 또다시 더위가 몸에 착 달라붙습니다.

나는 시원한 기운이 가시기 전에 집을 향해 부지런히 걸어갔습니다. 숲에 있다 나와서 그런지 조금 전보다는 한결 발걸음이 가벼워짐을 느꼈습니다.

숲은 단순히 나무들의 집합체가 아닙니다. 숲은 생명의 빛이며, 자연의 숨결이며, 인류의 영원한 은혜의 보고寶庫입니다.

즐기는 것의 즐거움

《논어》옹야 편에 '지지자불여호지자 호지자불여락지자知之者不如好
之者 好之者不如樂之者'라는 말이 있습니다. '알기만 하는 사람은 좋아하
는 사람만 못하고, 좋아하는 사람은 즐기는 사람보다 못하다'는 뜻
입니다.

2019년 국제축구연맹(FIFA)이 주관하는 U-20 월드컵(20세 이하 남
자 세계 축구 선수권 대회)에서 우리나라는 남자축구 사상 최초로 준우
승이라는 놀라운 기록을 남기며 우리나라 축구 역사의 한 페이지를
장식했습니다. 이는 1983년 멕시코에서 열린 U-20 월드컵에서 4강
신화를 쓴 후 무려 36년 만에 이룬 쾌거라 더욱 의미가 깊었습니다.

36년간의 시차를 뛰어넘어 우리의 어린 선수들이 엄청난 결과를
이룰 수 있었던 것은 Z세대(디지털 세상에서 24시간을 보내는 젊은 세대)
의 가치관을 지닌, 자유분방하면서도 자신의 생각이 분명한 세대라
는 데 그 이유가 있습니다. 즉 어떤 상황에서도 주저하지 않고 자기
가 좋으면 즐기면서 하는 마인드에 있음을 뜻합니다.

이를 좀 더 구체적으로 말하면 이겨야겠다는 생각에 즐기면서 한다는 '유희성'이 내포되어 있다는 말이지요. 그러니까 '이기되 즐기면서 이긴다'는 생각으로 놀이처럼 즐겁게 경기를 한다는 뜻입니다.

즐기면서 하면 엔도르핀이 생성되어 긍정의 에너지가 솟아납니다. 긍정의 에너지가 넘치면 몸과 마음이 가벼워지고 낙관적이게 되지요.

이처럼 즐거운 마음으로 하다 보니 지치고 힘든 것도 능히 이겨내게 되고 좋은 결과를 얻게 되는 것입니다.

우리의 어린 선수들이 "즐겁게 잘 놀았습니다."라고 인터뷰하는 것을 보고, Z세대의 DNA는 역시 '즐김과 자유', '긍정과 낙관'이라는 것을 새삼 느끼게 되었습니다.

그렇습니다. 아는 것은 좋아하는 것만 못하고, 좋아하는 것은 즐기는 것만 못합니다.

즐거움의 가치와 역동성에 대해 《오늘 변화를 이끄는 100가지 마법》의 저자 드라고스 로우아는 이렇게 말했습니다.

"즐겨라. 어떠한 상황에서도 즐거움을 끌어내라. 심지어 나쁜 상황에서도, 아니 특히 나쁜 상황에 처했을 때 즐거움을 끌어내라. 즐거움은 어디에나 있다. 스스로를 통해 즐거움이 발현되도록 해야 한다. 즐거움에 저항하거나 거부하지 말라. 큰 슬픔에 처해도 즐거움을 위한 여유는 있다. 살아 있지 않다면 슬픔 또한 경험할 수 없지 않겠는가? 인생이 제공하는 모든 것과 함께 자신의 인생을 즐겨라. 행복뿐만 아니라 슬픔도 즐겨라. 성공뿐만 아니라 실패도 즐겨라.

새로운 관계뿐만 아니라 이별도 즐겨라. 즐겁지 않은 삶의 교훈조차 즐겨라."

이 말은 즐거움에 적극적으로 임하는 것이 즐거운 인생으로 살아가는 데 있어 어떻게 도움이 되는지를 잘 보여 줍니다.

무언가를 이루고 싶다면 열정을 기울이되 '즐기는 것의 즐거움'을 제대로 알고 즐기면서 해야 합니다.

2019년 U-20 월드컵은 역대 그 어느 대회보다도 국민들에게 즐거움을 선물하였습니다. 나 또한 그 즐거움을 만끽하며 모처럼 행복이란 유희를 맘껏 즐길 수 있었음에 어린 선수들이 참 자랑스럽고 고마웠습니다.

앞으로 이 선수들이 가는 길에 무궁한 은총이 함께 하길 기도하며, 모든 선수들이 다 잘되기를 응원합니다.

아파트와 장미

단골 서점이나 마트를 가기 위해서 늘 가는 길이 있습니다. 길은 여러 갈래지만 봄, 여름, 가을엔 유독 한 곳으로만 갑니다. 그 길은 여러 길 중에서도 가장 거리가 멀지만, 내가 그 길을 이용하는 것은 그곳을 지나는 곳에 있는 아파트 담장이 온통 탐스러운 빨간 장미로 둘러쳐져 있기 때문입니다.

빨간 장미가 숲을 이루는 담장은 마치 거대한 수직 화원처럼 멋스러운데, 그 옆을 걸어가는 동안은 마치 꽃들의 왕이 된 기분입니다. 장미들도 내가 그곳을 지날 때면 더 예쁘게 웃어 주고 고이 품었던 향기를 내어 주는 듯합니다. 한껏 기분이 좋아진 나는 꽃들에게 이렇게 말합니다.

"얘들아, 오늘은 더 예쁘구나. 너희들이 있어 이 길을 지날 때마다 기분이 참 좋단다. 너희는 내 마음에 기쁨의 꽃이란다. 얘들아, 고맙다."

꽃들도 내 말을 알아듣고 좋아하는 것 같습니다.

그 길을 지나갈 때마다 장미가 내게 기쁨을 주듯, 내가 누군가에게 기쁨을 줄 수 있다면 그것은 참 감사한 일이 아닐 수 없습니다. 기쁨을 준다는 것처럼 행복한 일은 없으니까요.

그렇습니다. 우리는 서로에게 기쁨을 주는 아름답고 향기로운 꽃이 되어야 합니다. 그것이야말로 자신을 은혜롭게 하고 스스로를 축복하는 일이니까요.

바람이
예쁜 날

바람이 예쁜 날은 그냥 좋다.

누가 만나자고 연락하지 않아도
그냥 밖으로 나가
같은 길을 몇 번이고 걸어도 좋고,
한 번도 가보지 않은 길도
낯설지가 않아 좋다.

바람이 예쁜 날은 그냥 좋다.

밖이 훤히 내다보이는 분위기 좋은 카페에서
한 잔의 차를 마셔도 좋고,
공원 벤치에 앉아 멍하니 있어도 좋고,
오가는 사람들을 바라만 봐도 마냥 좋다.

바람이 예쁜 날은
좋은 사람을 만난 것처럼 참 좋다.

보고 싶은 사람들이
생각나는 밤

유월 어느 날 밤, 책을 읽는데 갑자기 보고 싶은 사람들이 하나둘씩 생각나기 시작했습니다. 기억의 숲을 헤치고 걸어 나온 사람들은 아련한 그 시간 속으로 나를 이끌고 갔습니다. 기억의 숲은 깊고 아늑하면서도 눈앞에 펼쳐진 풍광처럼 선명하게 드러났습니다.

초등학교 동창들부터 시작해 청소년 시절 교회 학생회 때 친구들, 대학 시절 친구들, 문학회 동인들에 이르기까지 보고 싶은 얼굴들이 파노라마처럼 스쳐 지났습니다.

이들 중에 J라는 초등학교 친구가 각별히 생각났습니다. 대학 시절 딱 한 번 보고는 이후 수십 년 동안 본 적이 없고 소식을 들은 적도 없기 때문입니다. 어디서 무얼 하는지 잘 살았으면 하는 마음입니다.

청소년 시절 교회 학생회 활동을 같이 한 K이라는 친구도 생각납니다. 지인을 통해 들은 바로는 미국에서 목회 활동을 한다고 했습니다. 영어를 잘하는 친구였는데, 미국에서 산다고 하니 잘 지냈으면 하는 마음입니다.

대학 시절의 W라는 친구는 피아노를 잘 쳤습니다. 그 친구의 반주에 맞춰 학교와 교회 행사에서 가곡이나 성가곡을 부르던 기억이 마치 어제와 같이 선명합니다. 마음이 참 따뜻한 친구였는데, 지금은 어디서 무얼 하는지 잘 살았으면 좋겠습니다.

언제 어디서 다시 만나게 될지는 모르겠지만, 나는 기억나는 친구들마다 이름을 떠올리며 그들이 건강하고 행복하게 잘 지내기를 기도했습니다. 비록 한때이지만 내 인생에서 함께 했던 소중한 인연이기에, 지금에 와서 생각하니 그저 고맙고 감사할 따름입니다.

지나고 나면 모든 것은 다 그리움으로 남는 것. 그때의 내가 지금의 나였더라면 그들과 더욱 즐겁고 행복하게 지냈을 텐데, 하는 생각에 그리움이 깊어집니다.

밤은 깊어가는데 갑자기 후두두둑 빗소리가 들려옵니다. 마치 그 어린 시절 친구들의 재잘거림처럼 가슴에 스며듭니다.

나는 귀를 세워 정다운 이야기를 듣듯 빗소리에 귀를 적십니다.

활력의 꽃

　내가 살고 있는 아파트는 450여 가구인데, 좀처럼 아이들의 모습을 보기 힘듭니다. 어쩌다 가뭄에 콩 나듯 보는 게 고작이지요.

　아파트에서 아이들 보기가 힘들다 보니, 어쩌다 보게 되면 마치 잃어버린 소중한 그 무엇을 찾은 듯 내 입가엔 미소가 피어납니다.

　아이들을 볼 수 없는 것은 학교에 다녀와 갖가지 학원을 돌다 저녁 늦게야 돌아오기 때문입니다. 집에 와서도 밥 먹고 나면 숙제하랴 공부하랴 쉴 틈이 없습니다. 그런데다 미세먼지로 공기까지 탁하다 보니 휴일에도 밖으로 나오기를 꺼리게 되지요. 그러다 보니 아이들 보기가 귀한 보석을 보듯 흔하지 않게 되었습니다.

　그러던 어느 날이었습니다. 글을 쓰고 있는데 아파트가 들썩일 만큼 아이들이 웃는 소리와 떠드는 소리가 들려왔습니다. 무슨 일인가 하여 베란다로 나가 보니 대여섯 명 정도 되는 아이들이 공을 차고 있었습니다. 나는 귀한 장면을 보듯 베란다에 붙어 서서 한참이나 바라보았습니다. 가만히 보니 한 아이는 아파트 아이고 다른 아이들은 놀러 온 친구들 같았습니다.

아이들은 역시 아이들이었습니다. 아이들 노는 모습은 아주 오래 전 아이들과 다르지 않았습니다. 아이들에겐 동심童心이라는 아주 근원적인 인간의 본성이 함께 하기 때문이지요. 동심이라는 본성은 오랜 세월의 격차에도 불구하고 아이들을 아이답게 하는 마인드이지요.

동심은 그 어느 보석보다도 소중한 마음의 보석입니다. 그 소중한 보석을 학교 공부에 빼앗기고, 갖가지 학원 공부에 뺏긴다면 아이들 마음의 보석은 발갛게 녹이 슬고 말지요.

일 년 열두 달이 다 가도록 아파트에서 아이들 보기가 힘든데, 그 꽃 같은 아이들이 웃음을 지며 노는 모습을 보니 마음 깊은 곳으로부터 활력이 샘솟듯 끓어올랐습니다.

그처럼 상큼하고 활력 넘치는 아이들이 무럭무럭 잘 자라서 저마다 자신이 원하는 일을 하며 즐겁게 잘 살았으면 합니다. 그것이야말로 우리나라, 우리 사회에 활기 넘치는 동력이 될 테니까요.

나는 한참이나 미소를 머금고 바라보다 방으로 들어와 책상 앞에 앉았습니다. 아이들을 통해 활력을 찾아서일까, 머리가 한층 맑아지고 몸에도 생기가 넘치는 듯했습니다.

그날 하루는 흡족한 마음이 내내 떠나지 않고 가슴을 맑고 따뜻하게 물들였습니다.

그늘막이 주는 행복

폭염 경보가 있던 날 볼일이 있어 부득이하게 외출을 했습니다. 집을 나서자마자 더운 기운으로 숨이 턱 막혔습니다. 나는 부채를 펴 햇살을 가리고 걸었습니다. 비록 작은 부채지만 얼굴을 가려 주어 그나마 다행이었습니다.

그렇게 걷다 보니 넓은 대로변에 다다랐습니다. 그때 내 눈을 반짝이게 하는 아름다운 광경이 펼쳐졌습니다. 횡단보도 앞 인도에 커다란 그늘막이 펼쳐져 있었지요. 그늘막 안에서 몇 사람이 햇살을 피하고 있었습니다. 나도 그늘막 안으로 들어갔습니다. 순간 시원해지는 느낌이었습니다. 그늘막 안과 밖은 천지 차이였던 것이지요. 그늘이 있고 없고가 그처럼 큰 차이를 나타낸다는 것에 그저 놀랍고 고마울 따름이었습니다.

그늘막에서 잠시 머무는 동안이 그렇게 달콤할 수가 없었습니다. 신호등이 바뀌고 횡단보도를 건너는 그 짧은 순간, 뜨겁게 내려 쬐는 햇살의 무게로 그늘막의 소중함이 절로 느껴졌습니다.

시市에서는 시민들을 위해 도로 횡단보도 앞 곳곳에 그늘막을 만들었다고 했습니다. 시민을 위해 마땅히 해야 하는 일이겠지만, 시민을 생각하는 마음이 그렇게 고마울 수가 없었습니다.

시민들을 기쁘게 하고 즐겁게 하는 정책은 그것이 크던 작던 참으로 가치 있고 소중한 일이지요. 그것이 시민을 위하는 참마음이기 때문이니까요.

앞으로도 시민들이 즐거운 마음으로 생활할 수 있도록 노력하는 시정이 되길 기대하는 내 마음은 한 송이 커다란 행복의 꽃으로 활짝 피어났습니다.

즐거움으로써
모든 것을 가능하게 하라

어떤 상황에서도
스스로를 즐겁게 한다면,

즐거움으로써
모든 것을 가능하게 할 수 있다.

그리움을
이겨 내는 법

언제부턴가 마음 깊은 곳으로부터 그리움이 불쑥 솟아나면 하늘을 바라보곤 합니다. 낮에도 그렇지만 특히 밤하늘을 바라보는 것이 습관처럼 굳어졌습니다. 밤하늘에 드문드문 떠 있는 별들이 마치 내 마음속의 그리움처럼 보이는 까닭이지요.

각기 독립해서 살고 있는 딸과 아들에 대한 그리움, 하늘나라에 계신 어머님에 대한 그리움, 미국에서 살고 계시는 누님에 대한 그리움, 가끔씩 떠오르는 지난날의 그리움 등 이런저런 그리움이 짐승처럼 울어대며 나를 힘들게 할 때면 하던 일을 잠시 미루고 밖으로 나가 길을 걷습니다. 그리고는 한적한 곳에 이르러 밤하늘을 바라봅니다.

밤하늘과 내 눈이 마주치는 순간, 밤하늘도 내 눈도 파르르 떨립니다. 그리움에 젖은 눈엔 슬픔의 빛과 외로움의 빛이 떠돕니다.

그래서일까, 내 눈엔 밤하늘도 슬픔의 빛과 외로움의 빛이 고여있는 듯 보입니다. 내가 그리움에 젖을 때마다 밤하늘을 바라보는 것은 바로 이런 이유에서입니다.

밤하늘을 바라보면 위로가 됩니다. 그리운 것들은 서로 바라만 봐도 마음이 통하는 까닭이지요. 밤하늘도 그런 날 좋아하는 듯 보입니다. 우리는 그렇게 서로를 바라보며 그리움을 이겨냅니다.

인간이기에 그리움을 떨쳐낼 수는 없습니다. 그리움 또한 인간의 여러 마음 중 하나니까요.

문제는 그리움을 이겨내지 못해 우울증에 빠지고, 그로 인해 아픔을 겪게 되는 것입니다. 심하면 극단적인 상황에 처하기도 하지요.

그리움을 적당히 품고 사세요. 적당한 그리움은 오히려 긍정적인 것이 됩니다. 자신을 돌아보고 살피게 하는 기회가 되기도 하니까요. 하지만 지나친 그리움은 경계해야 합니다. 그것은 아픔이 될 수 있기 때문입니다.

그렇습니다. 사람들 숲에서도 사람이 그리운 시대입니다. 이럴 때일수록 그리움을 생산적으로 이겨내고 행복한 우리가 되어야겠습니다.

보이지 않는 것을
보는 행복

　사람들은 대개 보이는 것에 관심을 갖습니다. 특히 눈에 띄는 것들에는 더욱 관심을 기울입니다. 갖고 싶은 마음 때문이지요. 그리고 그것을 소유하게 될 때 아주 만족해하며 행복해합니다.

　눈에 보이는 것은 그것이 보석이든, 명예든, 지위든 확실하게 각인되는 까닭이지요. 하지만 보잘것없어 보이는 풀꽃이라든가, 소박한 음식, 작고 시시한 것 등 눈에 잘 띄지 않는 것엔 별 관심이 없습니다. 시각적인 효과를 느끼지 못하기 때문이지요. 이처럼 눈에 보이는 것과 보이지 않는 것에 대한 사람들의 생각은 확연한 차이를 보입니다.

　그런데 분명히 알아야 할 것은 진정으로 행복하고 싶다면 작고 소소한 것에서 행복을 느껴야 한다는 것입니다. 작고 소소한 것은 눈에 잘 띄지 않기에 그냥 지나치기 쉽지만, 관심을 갖고 보면 언제 어디서나 쉽게 볼 수 있습니다.

　행복하다고 말하는 사람들은 작은 풀꽃 하나에도 즐거워하고, 작은 선물에도 감사하고, 소박한 음식도 맛있게 먹습니다.

이렇듯 작고 소소한 것들에서 자신을 행복하게 할 줄은 아는 사람은 보이지 않는 것을 봄으로써 행복을 극대화합니다. 이것이 더 큰 행복, 더 많은 즐거움을 느끼며 사는 비결입니다.

그렇습니다. 진정으로 행복해지고 싶다면 잘 보이지 않는 작고 소소한 것들에게 관심을 기울여 보세요. 그런 만큼 행복 지수도 쑥쑥 올라가게 될 테니까요.

네가 먼저
그렇게 하라

◆◆◆─────

누군가에게 사랑받고 싶다면
네가 먼저 그를 사랑하라.

누군가에게 칭찬받고 싶다면
네가 먼저 그를 칭찬하라.

좋은 친구를 만나고 싶다면
네가 먼저 좋은 친구가 되어라.

향기로운 꽃을 선물 받고 싶다면
네가 먼저 향기로운 꽃을 선물하라.

누군가에게 관심받고 싶다면
네가 먼저 그에게 관심을 보여 주어라.

누군가가 웃어 주길 바란다면
네가 먼저 그에게 웃어 주어라.

그리하여 그 무엇이라 할지라도
바라는 것들이 있다면
네가 먼저 바라는 것들에 대해 그렇게 하라.

06

나를
만나는 시간

◆◆◆ ───

사는 것이 바쁠수록
또는 힘들고 어려울수록
나를 만나는 시간을 가져야 합니다.

하루의 일상을 접고 잠들기 직전이나
홀로 있는 자신만의 시간을 정해
내 안에 있는 또 다른 나와
이야기를 나누며 마음의 여유를 찾으세요.

또한 힘들고 어려운 것은
남김없이 이야기함으로써
무거운 마음을 꺼내버리고
가볍고 맑은 마음으로 갈아 넣으세요.

하루에 한 번은 반드시
나를 만나는 시간을 갖길 바랍니다.

나를 만나는 시간은
나를 돌아보고 새롭게 하는
창조의 시간입니다.

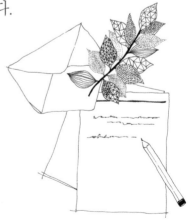

정성이 아름다운 것은
그 정성엔
그 사람의 따뜻한 마음의 향기가
맑은 숨결로 살아 숨쉬기 때문이다.

_김옥림

CHAPTER 4

향기가 있는
저녁

사랑의 나무

　쉘 실버스타인의《아낌없이 주는 나무》를 보면 나무란 그 어떤 성인聖人보다도 가치 있고 위대한 존재라는 걸 알 수 있습니다.

　나무는 자신의 가지와 줄기, 꽃과 나뭇잎과 열매, 그리고 자신의 뿌리까지 하나도 남김없이 주는 살신성인殺身成仁과 같은 존재이기 때문이니까요. 그런 까닭에 나무와 같은 삶을 사는 사람을 보면 그렇게도 넉넉하고 값져 보일 수가 없습니다.

　어느 날 우연히 TV 프로그램〈인간극장〉을 보게 되었습니다. 제목이 '몽골로 간 의사, 박관태'였습니다. 그들은 의사 부부로 10년 넘게 몽골에서 의사의 삶을 살고 있습니다. 엘리베이터도 없는 병원 건물, 열악한 의료시설과 환경은 보는 내내 마음을 안타깝게 했지만, 의사인 그는 너무도 활기차고 헌신적이었습니다. 매사가 긍정적이었고 낙관적이었지요. 그 힘든 수술을 수시로 하면서도 아무렇지도 않게 생각하는 마음의 여유와, 가난하고 남루한 환자와 보호자를 대하는 따뜻하고 넉넉한 마음은 그 어떤 의사에게서도 볼 수 없는 품격 그 자체였습니다.

병원 일을 하면서 지치고 힘들 텐데도 정해진 날짜에 낙후된 마을을 찾아가서 벌이는 의료 활동은 변변한 의료혜택을 받지 못하는 몽골 사람들에겐 그야말로 천사의 사랑 그 자체였습니다. 몽골 사람들은 그의 헌신적인 사랑을 존경하고 고마워했습니다.

내가 그를 보며 각별히 느낀 것은 누굴 대하든 진정성을 갖고 대한다는 것입니다. 마치 친근한 동네 통장과도 같이 사람들을 스스럼없이 대하는 모습에서 저 사람이야말로 진정한 의사라는 생각이 들었습니다.

뿐만 아니라 간호사를 비롯한 직원들에게도 가족과 같이 다정다감하게 대하는 모습에서 참사랑의 가치란 바로 저런 것이라는 생각을 거듭해 보곤 했습니다.

그 어떤 영화가 이보다 더 감동적일 수 있을까요.

참으로 오랜만에 휴먼 다큐멘터리를 본 나는 그 깊은 감동의 여운을 글로 쓰면서도 잊을 수 없었습니다.

그렇습니다. 그는 한 그루의 멋진 '사랑의 나무'였습니다. 자신의 시간과 열정, 자신의 의술, 자신의 헌신, 자신의 땀방울, 자신의 사랑, 자신의 모든 것을 아낌없이 내어 주는 살아 있는 사랑의 나무였던 것입니다.

조건 없는 참사랑을 보여 준 그에게 한없는 행복과 삶의 은총이 함께 하길 기도합니다.

참으로 오랜만에 아름답고 고귀한 사랑을 볼 수 있어서 참 감사하고 행복했습니다.

용기가 주는
즐거움

  에세이《지금부터 내 인생을 살기로 했다》를 내고 나서 한 여성으로부터 메일을 받았습니다. 내 독자라고 자신을 소개한 그녀는 조언을 구하고 싶다며 자신에 대해 말했습니다.

  올해 마흔다섯의 주부이자 직장 여성인데, 학교 졸업 후 직장 생활과 결혼 생활로 인해 자신의 꿈인 글쓰기를 하지 못한 아쉬움에 대해 토로하며 지금 시작해도 잘할 수 있을지 물었습니다. 지금부터라도 시작해야겠다고 마음먹었다가도 막상 하려니까 자신감이 없어진다고 했습니다. 이럴 땐 어떻게 하면 좋을지를 묻는 내용이었습니다.

  나는 그녀가 갖는 지금의 마음은 지극히 정상적인 것이니 크게 걱정하지 말라고 말하며, 마음먹었으면 작은 일부터 실천하는 것이 더 중요하다고 말했습니다.

  그리고 마음만 먹고 시도하지 않으면 그 어떤 결과도 기대할 수 없다고 말했지요. 그러면서 오늘부터 당장 시작하라고 했습니다.

시작해서 꾸준히 하다 보면 나도 모르는 사이에 변화된 자신의 모습을 보게 될 거라고 말해 주었습니다. 또 시간을 내서 글쓰기 모임에 들어가든지 글쓰기 강좌에 참여하여 강의를 듣고 사람들과 교류하며 삶의 폭을 넓히라고 말했습니다. 그렇게 하다 보면 새로운 것도 배우고 글쓰기에 자신감도 생길 뿐만 아니라, 많은 정보도 습득하고 공유할 수 있어 많은 도움이 될 거라고 전했습니다.

그녀는 자신감이 없어 걱정했는데 선생님 얘기를 듣고 자신감이 생겼다며 내일부터라도 당장 시작하겠다고, 용기를 줘서 감사하다고 다시 메일을 보냈습니다. 그리고 자신이 쓴 글에 자신감이 생기면 보내드릴 테니 한번 읽어봐 달라고 간청했습니다.

나는 잘 생각했다고 칭찬을 한 뒤, 그렇게 하라고 말했습니다.

그로부터 석 달 후 그녀가 메일을 보내왔습니다. 자신이 쓴 글 중 잘 쓴 글로 보냈다며 평을 해 달라고 했습니다. 나는 글을 읽고 소재도 참신하고 썩 괜찮은 글이니 용기를 갖고 열심히 하면 좋은 글을 쓸 수 있을 거라고 메일을 보냈습니다.

그녀는 좋게 봐 주셔서 감사하다며, 용기를 갖고 선생님 기대에 어긋나지 않게 열심히 하겠다며 메일을 보내왔습니다.

나는 그녀가 꼭 자신의 말대로 되길 빌어 주었습니다. 그러자 마음이 포근해지며 충만해졌습니다. 늘 마시던 차 또한 그날따라 더 향이 짙고 맛있었습니다.

향기가 있는 저녁

제자가 텃밭에서 수확한 들깨를 짜서 가지고 왔습니다. 향이 어찌나 짙고 깊은지 참기름보다도 더 고소했습니다. 들기름이 참기름보다 더 고소하다는 것을 예전엔 미처 몰랐습니다.

저녁 식사 시간이 되어 나는 커다란 대접에 밥을 넣고, 나물과 고추장과 들기름을 넣은 후 비비기 시작했습니다. 밥을 비비는데 어찌나 향기로운지 방안이 온통 들기름 향으로 진동했습니다. 밥을 다 비비고 나서 계란 프라이를 밥 위에 얹어 참깨를 뿌렸습니다. 보는 것만으로도 맛을 느끼듯 먹음직스러웠지요.

식탁에 앉아 한 숟가락을 떠 입에 넣는 순간 입 안 가득 퍼지는 들기름 향에 온몸과 마음이 날아갈 듯 개운해졌습니다.

먹는 내내 밥을 먹는 것이 아니라 들기름 향을 먹는 듯했습니다. 밥을 먹고 난 후에도 한동안 들기름 향에 취해 있었지요.

아파트에 살다 시어른을 모시기 위해 도심지 외곽으로 이사를 간 제자는 봄이면 텃밭에 갖가지 채소를 심습니다. 그리고 정성껏 가꿉니다. 정성으로 키운 채소를 가끔 가지고 오는 제자를 보면 마치 마법을 부리는 것 같다는 생각이 들곤 합니다. 그만큼 제자의 손은 야무지고 정성스럽습니다.

그날 저녁은 '향기가 있는 저녁'이었습니다.
들기름이 더더욱 향기로운 것은 제자의 정성이 더해졌기 때문이지요.
정성은 아름답습니다.
정성이 아름다운 것은 그 정성엔 그 사람의 따뜻한 마음의 향기가 맑은 숨결로 살아 숨쉬기 때문입니다.
정성을 선물해 준 제자가 참 고마웠습니다.

아름다운 사람

　자신의 일에 열정적인 사람은 멋지고 아름다워 보입니다. 자신의 일을 열정적으로 한다는 것은 그만큼 자신을 사랑한다는 것을 의미하기 때문이지요.

　인생을 성공적으로 사는 사람들을 보면 자존감이 높고, 자신을 함부로 하지 않습니다. 자존감이 낮고 자신을 함부로 한다는 것은 스스로를 억압하는 무가치한 일이라고 생각하기 때문이지요.

　명절 때나 선물을 할 일이 있을 때마다 단골로 가는 마트가 있습니다. 마트에는 다양한 건강식품을 파는 코너가 있는데 이곳을 이용한 지 10년이 넘습니다. 내가 다른 곳을 마다하고 줄곧 이곳만을 고집하는 것은 담당 여직원 때문입니다.

　처음 그곳을 갔을 때나 10년이 지난 지금이나 한결같이 친절하고 상냥할 뿐만 아니라 자신의 일에 매우 열정적입니다. 새로운 제품이 나오면 시식을 권하며 제품의 특징을 알기 쉽게 설명해 줍니다.

사람들은 이런 직원에게 믿음이 가고 신뢰하게 되지요.

나 역시 그처럼 진정성 있는 사람이 좋습니다. 그런 까닭에 나는 다른 마트에는 갈 생각을 하지 않았던 것이지요.

이처럼 열정적인 사람을 보면 마음이 따뜻해집니다. 그리고 그 사람의 에너지가 내게로 전해지는 것 같아 기분이 좋습니다.

오늘도 선물할 데가 있어 가까운 마트를 지나쳐 그녀가 일하는 마트로 갔습니다. 그녀가 일하는 코너를 향해 걸어가는데, 저 멀리서 무언가를 하고 있던 그녀가 나를 향해 미소 지며 다가왔습니다.

"선생님은 언제 봬도 참 멋지세요."

"그래요? 항상 그렇게 봐 주시니 고맙습니다."

그녀의 기분 좋은 말에 나는 활짝 웃으며 말했습니다.

그녀에게 물건을 사서 돌아오는 길은 갈 때보다 한결 발걸음이 경쾌합니다. 그녀로부터 기분 좋은 열정의 에너지를 듬뿍 받았기 때문이지요.

자신의 일에 열정적인 사람이 되어야 합니다. 그것은 자신에게도 타인에게도 생산적이고 행복한 일이니까요.

결국은
지나간다

지금 당장은 죽을 듯이 힘들고 괴로워도
때가 되면 흐르는 강물처럼 지나갑니다.

하지만 여기에는 반드시 지켜야 할 것이 있습니다.
어떤 상황에서도
포기하지 않고 견디어 낼 수 있어야 합니다.

포기하면 그 순간
모든 것은 다 물거품이 되고 맙니다.

아무리 혹독했던 겨울도
봄이 오면 봄에게 자리를 내어 주고 물러가듯,
모든 것은 때가 되면 결국은 지나갑니다.

그것이 삶의 순리이고 법칙이니까요.

지금 사방이 가로막혀
죽을 것처럼 힘들고 괴로운가요?

그래도 끝까지 버텨 내세요.
그 결과는 반드시 기쁨으로 나타나게 될 겁니다.

167

07

등에 짐을 지고
먼 길을 가는 게 인생이다

◆◆◆ ——

"등에 무거운 짐을 지고
먼 길을 가는 것이 인생이다.
그러기에 인생을 서두르지 말고
천천히 가야 한다."

이는 공자가 한 말로
인생의 정의를 함축적으로 잘 보여 줍니다.

모든 것이 숨 가쁘게 돌아가는 세상에서
천천히 가라는 공자의 말은 모순처럼 들릴지도 모릅니다.

그러나 우리는 그렇게 해야 합니다.
급히 먹는 밥에 체하게 되고,
서두르다 보면 꼭 문제를 일으키게 되니까요.

공자의 말을 현실에 맞게 다시 풀어 말한다면
조급하게 굴지 말고, 무리하지 말고,
순리에 맞게 살되 차분히 최선을 다해 살라는 말입니다.

그렇습니다.
이는 마라톤의 원리와 같습니다.
42.195킬로미터를 완주하기 위해서는
무리하지 말고 페이스를 잘 조절하는
지혜를 발휘해야 하듯
인생 또한 그렇게 해야
좋은 결과를 내게 된답니다.

눈꽃 화원

밤새 내린 눈으로
치악산에
새하얗게 꽃이 피었다

이제껏 본
눈꽃 중 가장 예쁘다

세상의 하얀 꽃이란 꽃은
모두 옮겨다 놓은 듯한 치악산

치악산은 산이 아니다

거대한 눈꽃 화원이다

2월 중순 전국적으로 함박눈이 내린 날이었습니다. 그처럼 눈이 오는 것도 매우 드문 일이었습니다. 어찌나 많이 내리는지 앞이 안 보일 정도였습니다.

그렇게 온종일 쉼 없이 눈이 내렸습니다.

그다음 날 아파트 현관문을 열고 복도로 나간 나는 눈앞에 펼쳐진 순백의 풍광에 흠뻑 빠지고 말았습니다. 세상이 하얗다 못해 눈이 부셨으니까요.

더 놀란 건 저 멀리 보이는 치악산의 풍광이었습니다. 치악산은 흰 눈을 덮어쓴 채 햇살에 반짝이고 있었습니다. 마치 한 편의 영화를 보는 듯했습니다. 지금껏 보았던 겨울 치악산 풍광 중 가장 아름다웠습니다. 어찌나 아름다운지 감탄이 절로 났습니다.

자연이 주는 선물에 한껏 마음이 뜨거워졌습니다.

한참을 복도에 서서 바라보던 중 갑자기 시가 찾아왔습니다. 나는 얼른 집으로 들어와 펜을 들고 시를 쓰기 시작했습니다. 앞의 시는 그렇게 해서 쓰인 〈눈꽃 화원〉이란 시이지요.

이 시에서 표현했듯 치악산은 산이 아니라 거대한 눈꽃 화원이었습니다. 사람의 능력으로는 만들 수 없는 눈꽃 화원, 오직 창조주만이 만들 수 있는 눈꽃 화원이었던 것입니다.

눈꽃 화원을 보며 생각하니, 사람이란 얼마나 무지하고 연약한 존재인지를 확연히 깨달을 수 있었습니다.

2월, 봄이 오는 길목에서 자연이 베푼 아름다운 눈꽃 축제가 우리 모두에게 아름답고 풍요로운 축복이 되길 기도합니다.

행동은
말보다 힘이 세다

어느 날 골목길을 걸어가다 눈길을 잡아끄는 글귀를 보게 되었습니다. 삼계탕을 파는 식당이었습니다.

'양심적으로 장사하겠습니다.'

식당 창문에 써 붙인 글귀를 보는 순간 '양심'이란 낱말이 새롭게 다가왔습니다.

양심良心이란 '어떤 행위에 대해 옳고 그름, 선과 악을 구별하는 도덕적 의식이나 마음씨'를 뜻합니다. 그러니까 올바르고 선하게 장사하겠다는 주인으로서의 다짐을 사람들에게 알리고 싶었던 것이지요.

행동은 말없이 몸으로 하는 몸짓 언어입니다. 말과는 전혀 다른 것이지요. 말이 아닌 행동으로 보여야 하는 것으로써 말보다 그 효과가 크답니다. 이에 대해 《탈무드》에는 다음과 같은 말이 있습니다.

"행동은 말보다 소리가 크다."

자기계발전문가이자 동기부여가인 데일 카네기는 이렇게 말했습니다.

"행동은 말보다 힘이 세다."

그렇습니다. 행동은 말보다 소리가 크고 힘이 세지요.

그렇다면 어떻게 해야 할까요.

백 마디 말보다는 상대방에게 감동을 주는 행동을 보여 주어야 합니다. 그것이야말로 상대방의 마음을 움직이는 가장 효과적인 방법이니까요.

양심적으로 장사하겠다는 다짐이 말뿐이 아닌 진심 어린 행동이 된다면 그 가게는 필경 고객들의 사랑을 듬뿍 받게 될 것입니다.

대한민국의 본질,
그 위대함에 대하여

코로나바이러스가 전 세계에 창궐하는 이때 미국의 〈뉴욕타임스〉, 〈워싱턴포스트〉, 〈월스트리트저널〉, ABC 방송, 영국의 BBC, 프랑스의 AFP 통신 등을 비롯한 세계 각국 유수의 언론들은 대서특필로 한국의 방역시스템을 연일 극찬하고 있습니다.

하루 2만 명을 검체 검사할 수 있고, 드라이브스루라는 창의적인 검사시스템 도입은 물론 방역본부의 철저하고 체계적인 방역시스템과 열정적인 근무자세, 우수한 의료시스템과 헌신적인 의료진들, 감염의 위험을 무릅쓰고 최선을 다하는 자원봉사자들의 노고와, 확진자가 대량발생한 도시를 봉쇄하지도 않고도 눈부신 성과를 내는 검체 검사능력을 높이 평가했습니다.

또한 세계 최고의 IT강국답게 확진자의 동선을 파악할 수 있는 어플리케이션을 개발하고, 사실에 입각한 정확한 보도와 언론의 투명성, 국민들의 자발적 방역예방 및 사회적 거리 두기, 마스크를 직접 만들고 물품을 지원하는 등 국민들이 합심하여 어려움을 극복하려는 국민성은 세계 최고의 수준이라며 연이은 칭찬이 이어지고 있습니다.

세계 각 나라 네티즌들은 대한민국 국민들이 부럽다, 대한민국에서 태어나지 못한 것이 아쉽다, 대한민국은 최고의 선진의료국가라는 등 온갖 미사여구를 동원하여 대한민국의 우수한 민족성을 부러워합니다.

미국, 프랑스, 이탈리아 등 수많은 국가가 한국식 드라이브스루 및 다양한 방역시스템을 도입하여 어려운 난국을 극복하고자 온 힘을 기울이고 있고, 수많은 국가가 우리나라에 지원을 요청하고 있습니다.

뜻하지 않은 코로나바이러스의 팬데믹으로 대한민국의 잠재된 우수성과 민족성이 여실히 드러나고 있습니다. 전 세계가 코로나바이러스 출몰로 위기에 직면했을 때 우리나라가 보여 준 위기 대처 능력은 단연 최고입니다. 이를 세계인들은 두 눈으로 똑똑히 목격했으며, 그 결과 우리나라의 위대함에 깊이 공감하고 인정했습니다.

참으로 가슴 뿌듯한 일이 아닐 수 없습니다.

우리나라는 오랜 세월 수많은 외세의 침략을 받으며 살아왔습니다.

그러나 우리 민족은 그 어떤 위급 상황에도 당황하지 않고 똘똘 뭉쳐 지혜롭고 용맹스럽게 외세의 침략을 막아냈으며, 6·25전쟁이란 동족상잔의 비극을 겪고도 오늘날 선진국으로 진입한 뛰어난 민족으로 인정받고 있습니다.

이처럼 우리 민족은 어려울 땐 더욱 강해지고 힘을 하나로 모으는 응집력이 대단한 민족입니다. 그리고 서로를 돕고 함께 이겨내고자 노력하지요.

미국, 영국, 이탈리아, 일본, 프랑스 등에서 물건 사재기를 하고, 물건을 먼저 확보하려고 싸우는 사람들을 보면 그들이 선진 민주국가라는 것이 도저히 믿기지 않습니다.

그들은 어려움을 겪게 되자 극단적인 이기주의와 개인주의적인 성향을 그대로 드러내고 있습니다. 인간의 무지와 탐욕을 여과 없이 보는 것 같아 씁쓸하기 그지없습니다.

그에 비해 우리나라는 어떠한가요.

물건 사재기는커녕 그 어떤 돌출행동도 하지 않습니다. 침착하고 흔들림 없이 힘을 모아 난국을 타개하려는 의지가 강할 뿐만 아니라, 정부의 강력한 통제 없이도 스스로 질서를 지키는 준법정신을 가진 민족입니다.

자신도 어려우면서 남을 돕는 일에 적극적이고, 대구가 어려움에 처했을 때 전국 각지에서 의료진들이 대구로 달려가고, 자원봉사자들이 대구로 집결하였습니다. 어려운 세입자들을 위해 임대료를 면제해 주고 삭감해 주는 것은 물론 자신의 호텔을 의료진들이 사용하도록 통째로 내어 준 호텔 오너들을 비롯해 각 단체에서는 부족한 마스크를 공급하기 위해 직접 만들어 배포하는 등 그 예를 헤아리기가 실로 어려울 정도입니다. 참으로 아름답고 눈물겨운 민족애가 아닐 수 없습니다.

그러면 우리나라의 이러한 국민성은 어디에서 왔을까요.

그 근본은 고조선 건국신화에 나오는 건국이념이자 단군의 사상인 '홍익인간弘益人間'에 있습니다. 홍익인간은 '인간을 널리 이롭게 하라'는 뜻으로 이는 '인간을 널리 도우라'는 말과 같습니다. 그러니까 이 두 가지의 의미를 합치면 '인간을 널리 사랑하는 마음'이라고 할 수 있습니다.

우리는 배달의 민족으로 태어날 때부터 홍익인간의 사상을 몸속에 갖고 태어납니다. 우리 민족의 고유한 민족정신인 홍익인간의 DNA를 갖고 태어남을 의미하지요. 이는 마치 자식들이 부모의 유전자를 갖고 태어나는 것과 같은 이치인 것입니다.

이에 따른 우리 민족의 특성을 몇 가지로 살펴보겠습니다.

첫째, 위기에 처하면 본능적으로 함께 뭉치는 응집력이 강합니다. 둘째, 남의 일을 내 일처럼 생각하는 인간애가 강합니다. 셋째, 서로 돕고 함께 해결하려는 의지가 강합니다. 넷째, 봉사정신이 투철합니다. 다섯째, 자기애가 강하고 헌신적인 이타성이 강합니다.

이 다섯 가지에서 보듯 우리 민족은 앞에서 말한 바와 같이 홍익인간의 정신을 갖고 태어난 것이 분명합니다.

우리나라는 삼면이 바다로 둘러싸인 반도국가입니다. 외세의 침략을 받기 딱 좋은 지리적 위치에 놓여 있습니다. 그래서 고대국가 때부터 북방 민족의 침략을 지속적으로 받았습니다. 하지만 우리 민족은 절대로 밀리지 않았습니다.

또한 바다를 통해 침입하고 해적질을 일삼던 왜구들에게도 틈을 내주지 않았습니다. 최악의 상황에서도 우리 민족은 결연한 의지로 나라를 지켜냈습니다. 물론 역사적으로 병자호란 때 청나라에게 치욕적인 일을 겪고, 근세에 들어 일본의 식민지로 수모를 겪기도 했지만, 끝내는 이를 물리치고 오늘에 이른 것을 보면 이와 같은 불굴의 역사를 가진 민족은 세계에서 우리나라가 유일한 것입니다.

우리 민족은 평시에는 예를 중시하고 가무를 즐기는 낙천적인 민족성을 갖고 있습니다. 하지만 위기 때는 번뜩이는 눈을 가진 맹수와 같이 용맹스럽고, 똘똘 뭉쳐 하나가 되고, 학처럼 순결하고 지혜로운 민족성을 지닌 민족이 바로 우리 민족인 것입니다.

이번 코로나바이러스 환란이 우리 민족의 우수성을 세계가 인식하고 인정하는 계기가 된 것은 불행 중 참으로 다행스러운 일이 아닐 수 없습니다. 코로나바이러스가 종식되고 나면 대한민국의 국격은 지금까지와는 전혀 다른 양상을 띠게 될 것입니다. 세계의 중심에 자리함은 물론, 세계 각국은 우리나라를 높이 우러르며 받들게될 것입니다. 우리나라 제품은 분야를 가리지 않고 최고로 인정받게 될 것이며, 수출은 배가 될 것입니다.

또한 우리나라와 친밀한 유대관계를 맺기 위해 앞다퉈 외교력을 펼칠 것이며, 우리나라 국민은 세계 어디를 가든 대접받게 되고 부러움을 사게 될 것입니다.

하지만 아쉬움이 있다면 우리의 고유한 민족성을 도외시하고 자신들의 기득권과 이익을 위해 정부를 비난하고 비판하는 세력이 있다는 것입니다. 보수언론은 코로나바이러스 환란에 대처하는 정부의 능력을 폄훼하고 한 번도 제대로 된 기사를 올린 적이 없습니다. 이는 대단히 개탄스러운 일이 아닐 수 없습니다.

우리는 세계 언론이 인정한 탁월한 민족입니다. 우리나라는 세계인들이 부러워하고 인정한 선진 민주국가입니다. 이런 나라가 내 나라라는 것에 긍지와 자부심을 갖게 됨으로써 그렇게도 행복하고 감사할 수가 없습니다.

나는 믿고 확신합니다.

우리나라가 세계의 미래를 주도하는 핵심 선진국가로서 가장 앞자리에 이르게 되리라는 것을.

그리고 세계는 우리나라의 영향 아래에 놓이게 될 것이며, 나아가 우리나라는 세계 인류의 평화와 자유를 위해 선도하고 헌신하는 가장 위대한 국가로서의 본분을 다하는 선진 민주국가의 중심이 되리라는 것을.

아침에
내리는 비

아침에 눈을 뜨니,

사랑하는 이의
맑은 숨결 같은 비가 사륵사륵 내립니다.

비 내리는 풍경이
멋진 드라마의 한 장면처럼
눈길을 잡아끕니다.

오늘은 왠지 좋은 일이 있을 것만 같습니다.

내 사랑하는 이의
맑은 눈동자 같은 비가 부슬부슬 내립니다.

그저,
나는 좋습니다.

함께 웃었다

어느 날 그림 그리는 지인을 만나러 그의 화실이 있는 빌딩으로 갔습니다. 빌딩에 도착해 화실로 가기 위해 엘리베이터를 탔는데 초등학교 3학년쯤 된 남자아이가 함께 탔습니다. 눈이 초롱초롱 빛나는 것이 참 영특해 보여 말을 걸었습니다.

"참 똑똑하게 생겼구나. 어디 가는 거니?"

"학원에요."

"학원 가는 거 재미있니?"

"아니요. 재미없어요."

"재미없는데 왜 학원에 가니?"

"학원 안 가면 엄마한테 죽어요."

아이는 내 말에 거리낌 없이 자신의 생각을 말했습니다. 그리고는 자기가 한 말이 우스웠는지 천연스럽게 웃었습니다. 그 모습에 나도 웃었습니다. 엘리베이터 거울도 따라 웃었습니다.

나는 아이에게서 아이다움을 느낄 수 있어 마치 산에 오르다 맑고 시원한 샘물을 마시는 기분을 느꼈습니다.

아이는 천진스럽게도 "학원 안 가면 엄마한테 죽어요."라고 말했던 것이지요. 그리고 자신이 한 말이 우스워 웃는 모습은 영락없는 아이였으니까요.

"즐거운 마음으로 공부하면 재미있어 질 수도 있어."

내가 웃으며 아이에게 이렇게 말하자 아이는 고개를 끄덕이며 웃었습니다. 엘리베이터는 내가 내리는 층에 멈추었고 나는 아이에게 손을 흔들며 내렸습니다. 아이도 밝게 인사를 했습니다.

비록 짧은 시간이었지만, 아이와 함께 한 시간은 달콤한 마시멜로처럼 기분을 한껏 올려 주었습니다.

새벽의 고요가 주는
위안과 평안

나는 새벽 2시에 잠자리에 듭니다. 새벽에 잠자는 습관이 든 지도 벌써 20년이 넘었군요. 전업 작가로 글만 쓰다 보니 자연스럽게 습관이 된 것이지요.

집중해서 글을 쓰다 보면 시간 가는 줄 모를 때가 있습니다. 물을 마시거나 화장실에 갈 때에서야 자리에서 일어나는데 그럴 때 시계를 보면 새벽을 가리키고 있을 때가 많지요. 습관이란 것은 참 무서운 것이어서 글쓰기 패턴을 바꿔 보려고 해도 잘 되지 않습니다.

습관 외에 다른 이유가 있다면 새벽이 좋아서이기도 하지요. 새벽이 되면 어둠 속의 고요가 마치 내 어릴 적 잠결에 듣던 어머니의 잔잔한 기도처럼 생각되기 때문이지요. 내 어릴 적 어머니는 늘 기도를 하셨는데, 특히 새벽에 기도를 많이 하셨지요. 자다 눈을 떠 보면 어머니는 가족의 평안과 행복, 자식들의 건강과 미래를 위해 기도를 하고 계셨지요.

새벽의 고요 속엔 마음의 눈으로만 볼 수 있는 아름다움과 마음

의 귀로만 들을 수 있는 천상의 소리가 있습니다. 새벽의 아름다움
과 천상의 소리는 그 어디에서도 볼 수 없고 들을 수 없는 소리여서
지친 마음에 위안이 되고 평안이 되어 주지요. 그래서 나는 잠들기
전 5분이고 10분이고 밖을 바라보며 하루를 정리하곤 하지요. 그리
고 나면 마치 고요의 세례를 받은 듯 몸과 마음이 깨끗해짐을 느낍
니다.

나는 이 느낌이 참 좋습니다. 이 느낌이 싫어지는 날이 되어야만
새벽이란 시간의 울타리에서 벗어나지 않을까 싶습니다.

어디선가 고양이 울음소리가 들립니다.

"고양이야, 너도 어서 자거라."

나는 이렇게 말하고는 하루를 가지런히 접고 잠자리에 듭니다. 꿈
결처럼 아늑한 어둠 속에 나의 평안도, 나의 잠도 깊어갈 것입니다.

내려놓음의 미美

　사람들이 가장 하기 힘들어하는 것 중 하나가 자신을 내려놓는 일이지요. 특히 많이 가진 사람, 높은 지위에 있는 사람, 권력의 맛에 길들여진 사람, 명예의 깊은 맛에 빠진 사람 등 남보다 좋은 여건과 환경에서 사는 사람들은 자신을 내려놓는 것을 죽기보다도 더 싫어하는 경향이 있습니다. 가진 사람들일수록 자신들이 처한 환경의 풍요와 삶을 떠나면 안 되는 것처럼 집착하기 때문이지요. 그러다 보니 지금보다 더 많이 가지려고 하고, 더 높이 올라가려고 하고, 더 명예 있는 사람이 되기 위해 혈안이 되지요.

　문제는 그러는 가운데 불미스러운 일이 생기기도 하고, 뜻하지 않는 일로 자신의 인생을 무너뜨리게 된다는 것이지요. 만일 자신을 내려놓았다면 그런 일은 벌어지지 않을 것입니다.

　하지만 자신을 내려놓지 못하다 보니 그것이 도리어 화가 되어 공들여 쌓은 인생의 탑을 하루아침에 무너뜨리게 되는 것이지요.

　지금 우리 사회는 이런 사람들로 인해 연일 매스컴이 뜨겁게 달궈

지고 있습니다. 흔히 말하는 '갑질'은 이를 대변해 주는 좋은 예지요.

이처럼 상스럽고 온당치 않은 일로부터 벗어나기 위해서는 자신을 내려놓을 줄 알아야 합니다. 그래야 눈높이가 낮아짐으로써 비정상적이고 파렴치한 일로부터 자유로울 수 있어 온전한 나로 살아가게 되지요.

자신들의 전 재산을 대학에 기부한 노부부의 아름다운 선행은 나를 참 흐뭇하게 했습니다. 노부부의 '내려놓음'은 아무나 할 수 있는 일이 아니기에 큰 감동으로 다가온 것이지요.

우리의 메마른 삶을 촉촉이 적셔 주는 삶의 오아시스 같은 내려놓음은 우리 모두에게 용기와 희망을 주리라 믿습니다.

누군가의 마음을
기쁘게 한다는 것은

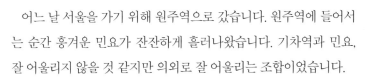

어느 날 서울을 가기 위해 원주역으로 갔습니다. 원주역에 들어서는 순간 흥겨운 민요가 잔잔하게 흘러나왔습니다. 기차역과 민요, 잘 어울리지 않을 것 같지만 의외로 잘 어울리는 조합이었습니다.

그날은 아침부터 비가 내려 마음이 우중충했는데, 흥겨운 민요가락으로 향기가 짙게 밴 뽀송뽀송한 옷을 입은 것처럼 가뿐해졌습니다. 기차를 기다리는 사람들의 표정에도 여유가 묻어나는 듯했습니다.

기차를 기다리는 동안 내 귀는 흥겨운 민요가락에 흠뻑 젖어 들었습니다. 몸에 기분 좋은 세포가 도는 듯 한결 가뿐해진 마음은 나를 행복하게 했습니다.

승객들을 위해 민요를 들려주는 원주역 직원들의 세심함이 새삼 고맙게 여겨졌습니다. 혹자는 그것이 그처럼 잘한 일이냐고 할지 모르겠으나, 승객을 생각하는 마음이 없으면 절대로 할 수 없는 일이지요.

누군가의 마음을 기쁘게 한다는 것은 기분 좋은 선물을 하는 것과 같습니다. 그것은 상대는 물론 스스로를 기쁘게 하는 일이기에 더더욱 아름다운 행위이지요.

그렇습니다. 우리는 저마다 소중한 사람들입니다. 내가 소중하면 남도 소중한 법이지요. 소중한 사람들끼리 서로를 기쁘게 하고 행복하게 하는 일에 좀 더 관심을 기울여야 합니다. 그렇게 될 때 더 밝고 건강한 사회가 되고, 더 행복한 우리가 될 테니까요.

행복한 식사

가족과 함께 외식을 했습니다. 삼겹살 전문식당이었는데 고기를 부위별 세트로 파는 식당이었습니다. 서빙을 하는 남자 직원은 시종일관 미소를 띤 채 부위별로 맛있게 먹는 방법을 가르쳐 주었습니다. 얼핏 보기엔 대학생 같았지만, 자세히 보니 20대 후반쯤 된 건실한 청년이었습니다.

"서빙을 아주 잘하는군요."

나는 이렇게 말하면서 엄지 척을 했습니다. 그는 환하게 웃으며 필요한 것이 있으면 얼마든지 말씀하시라고 하고는 자리를 떠났습니다. 친절한 그의 모습에 나는 매우 흐뭇했습니다.

그래서일까, 고기 맛도 한결 좋았습니다.

우리 가족은 화기애애한 가운데 행복한 식사를 했습니다.

그 젊은이는 직원으로서 마땅히 고객에게 질 좋은 서비스를 한 것이겠지만, 그가 보여 준 행동은 직원으로서의 근무 자세이기 전에 몸에 밴 습관처럼 보였습니다. 그랬기에 내 마음은 더욱 흐뭇하고 행복했습니다.

 누군가를 기분 좋게 한다는 것은 아름다운 덕을 쌓는 것과 같습
니다. 누군가가 좋아하는 모습에 자신의 마음도 그만큼 더 행복해
지니까요.
 특히 친절한 말과 행동은 상대방을 기분 좋게 하지요. 친절한 말과
행동은 상대에 대한 예의이자 따뜻한 마음의 표현이기 때문이지요.
 식당을 나서는 발걸음이 무척 가벼웠습니다.
 집으로 오는 내내, 그리고 집에 와서도 행복한 마음은 쉬 가시지
않고 마음을 따뜻하게 했습니다.

라이온 킹

아들이 용산에 있는 오피스텔에 사무실을 차렸습니다. 나는 아들을 축하해 주기 위해 사무실을 방문했습니다. 사무실은 깔끔하게 잘 정돈되어 있어 나를 매우 흐뭇하게 했습니다. 창밖으로는 한강이 보이고 주변으로는 숲이 우거져 있어 한결 마음을 평안하게 해 주었습니다.

아들은 피아노를 전공하고 피아노를 가르치다가 출판 편집디자이너로 제2의 도전을 시작했습니다. 출판 편집디자이너의 길로 접어든 지 이제 4년째지만 손놀림이 빨라 생각보다 빠르게 두각을 나타냈습니다. 오랫동안 피아노를 쳤기 때문이라는 생각이 들었습니다. 피아노는 손놀림이 빨라야 하고, 정확해야 하는 까닭이지요.

즐겁게 식사를 마친 내게 아들이 말했습니다.

"아버지, 라이온 킹을 예약했는데 보러 가세요."

그렇지 않아도 〈라이온 킹〉이 영화로 만들어져 매스컴에 대대적으로 보도되고 있던 때였습니다. 영화로 만들어진 〈라이온 킹〉을 본다는 것은 색다른 즐거움을 줄 거라는 생각을 해 오던 차였는데, 동물을 좋아하는 나를 위해 아들이 바쁜 시간을 낸 것이지요. 나를 생각하는 아들의 예쁜 마음에 흔쾌히 영화를 보기로 했습니다. 아들과 함께 영화를 본다는 것만으로도 흡족했습니다.

그동안은 딸아이가 예술대학교 졸업 작품으로 공연한 뮤지컬 〈라이온 킹〉의 여운이 오랫동안 남아 있었는데, 영화로 보는 〈라이온 킹〉은 영화만의 특징이 잘 나타나 있어 색다른 감동을 주었습니다.

좋은 작품은 어떤 장르로 만들어도 역시 좋았습니다. 오랜만에 극장에서 영화를 봐서 그런지 더 진한 여운이 남았지요.

"좋은 영화를 볼 수 있어 참 좋았단다. 고맙다, 아들."

아들은 내 말에 웃으며 말했습니다.

"아버지, 다음에도 좋은 영화 있으면 연락드릴 테니 함께 보세요."

"그래. 그렇게 하마."

나는 기분 좋은 얼굴로 아들을 바라보았습니다. 아들도 그런 날 미소로 바라보았습니다.

마치 아름다운 곳을 여행하고 오는 듯 내 마음은 충만함으로 가득 찼습니다.

청량리역에서 아들의 배웅을 받으며 원주로 오는 길은 내내 나를 행복하게 했습니다.

절박함이라는
인생의 교실

자신을

가장 깊이 들여다 볼 수 있을 때는

절박한 외로움에 처했을 때이다.

그렇다.

이때야말로 자신을 가장 뚜렷이 보게 된다.

절박함은 인생의 교실이다.

절박한 외로움을 두려워하지 마라.

다리 위의 청년

언젠가 한 젊은이로부터 메일을 받았습니다. 사는 게 너무 고통스러워 나쁜 마음을 먹고 한강으로 갔는데 한참을 있다가 그냥 왔다고 했습니다.

그러지 말아야지 하면서도 이후로도 자꾸만 나쁜 마음을 먹게 돼 어느 순간 자신도 모르게 강물로 뛰어내릴지 모르는데 어떻게 하면 좋겠느냐고 물었습니다.

메일을 읽고 곧바로 답장을 썼습니다. 지금의 힘든 상황에 대해 위로를 한 다음, 죽어서 해결되는 문제라면 이 세상에 죽을 사람이 넘쳐날 거라고 말했습니다.

하지만 그러지 않는 것은 죽는다고 해결되는 일은 없기 때문이며, 그것은 스스로에게 비겁하고 가족에게는 씻을 수 없는 치명적인 슬픔이며 고통을 남기는 일이라고 말했습니다.

그리고 죽음까지 마음먹은 그 결심으로 어떻게든 살 생각을 해 보라고 했습니다. 죽음의 문턱까지 간 사람도 막상 살아나니 자신

194

이 왜 그처럼 무모한 생각을 했는지 모르겠다며, 죽을 만큼 더 열심히 살겠다는 의지를 갖고 열심히 산 끝에 행복한 삶을 사는 사람도 많다고 말했습니다.

또한 죽을 만큼 해 봐도 더 이상 가망이 없다고 생각되면 그때 나쁜 생각을 해도 늦지 않는다고 말했습니다. 그러니 지금은 나쁜 생각을 잠시 멈추고, 문제의 해결을 위해 지금까지보다 더 적극 힘쓰라고 말했습니다. 그러고 나서 행운이 함께 하길 기도한다며 메일을 보냈습니다.

나는 그가 내 말대로 해 주길 바라며 다시 메일이 오길 기다렸습니다.

그러나 메일은 오지 않았습니다. 나는 그가 아무 일 없기를 바라며 좋은 소식이 올 때까지 기다렸습니다.

석 달이 지난 어느 날, 그로부터 메일이 왔습니다. 선생님 말씀처럼 죽을 만큼 해 보자 하고 했더니 놀랍게도 문제가 해결되었다고 했습니다. 그리고 지금은 아무 일도 없었던 것처럼 잘 지낸다고 했습니다.

이 모두가 선생님 덕분이라며 감사하다고 말한 뒤, 두 번 다시는 후회할 일을 하지 않겠다고 했습니다.

메일을 읽고 나서 나는 참 감사했습니다. 어려운 상황에 놓인 젊은이가 나쁜 생각으로부터 벗어나 하루하루를 긍정적으로 살아가는 게 너무 대견했기 때문입니다.

나는 작가로서 큰 보람을 느꼈습니다. 만일 내가 작가가 아니라면 이런 일이 가능했을까 생각하니 그저 감사할 따름이었습니다.

그가 자신의 꿈을 이루고 다시 한 번 기쁜 소식을 알려 오기를 기대해 봅니다.

캔 음료수

　'사랑의 연탄은행'으로 유명한 원주 밥상공동체가 주최하는 '청춘, 인문학을 향유하다'라는 주제로 4회에 걸쳐 강연을 하였습니다. 강연회 대상자는 50대에서 70대에 이르는 다양한 연령층의 수강생들이었습니다.

　처음 강연회 의뢰를 받았을 땐 연령층도 다양하고 주 연령층이 70대다 보니 망설여지기도 했지만, 이내 승낙을 했습니다. 그분들이 즐겁게 들을 수 있도록 쉽고 간결한 내용과 노래를 곁들여 강연회를 진행하기로 한 것입니다.

　강연회 첫날이었습니다. 강당을 꽉 채운 어르신들을 보자 기분이 참 좋았습니다. 나는 강연을 쉽고 간결하게 진행하면서 두세 가지 질문을 통해 어르신들이 강연에 집중하게 했습니다. 그리고 어르신들의 수준에 맞는 노래를 함께 부르며 즐거운 시간을 보냈습니다.

　강연회가 끝나고 나자 어르신들이 번갈아가며 내 손을 잡고 어찌나 좋아들 하시는지 기분이 참 좋았습니다.

그때 한 할머니가 내게로 다가오시더니 캔 음료수를 가만히 내 손에 쥐여 주셨습니다. 나는 괜찮다고 했지만 할머니는 수고했다고 말하고는 이내 저쪽으로 가셨습니다. 나는 빙그레 웃으며 할머니에게 손을 흔들며 감사함을 표했습니다.

할머니의 마음이 더 따뜻하게 와 닿은 것은 내게 주신 캔 음료수는 밥상공동체에서 어르신들을 위해 나눠 드린 것인데, 주는 입장에서는 비록 작은 선물일지 몰라도 할머니에게는 결코 작은 것이 아니었기 때문이지요.

나는 할머니의 고마움을 생각하며 음료수를 달게 마셨습니다.

그날 이후 3번에 걸친 강연회도 성황리에 끝이 났습니다. 그동안 중고등학생, 대학생, 직장인, 공무원 등을 대상으로 강연을 해 어르신들을 대상으로 한 것은 이번이 처음이었는데 그 어떤 강연회보다도 더 즐겁고 행복했습니다.

단순함의 미학

오래 가는 행복을 느끼고 싶다면
작고 소소한 것에서 행복을 느끼세요.

건강한 몸을 갖고 싶다면
식탐을 버리고 소박한 음식을 즐기세요.

정신을 맑게 하고 싶다면
잡다한 생각으로부터 벗어나세요.

온유한 마음을 갖고 싶다면
미움과 시기를 마음으로부터 떨쳐버리세요.

자신을 단순화시킨다는 것은
곧,
자신을 풍요롭게 하기 위한 지혜의 빛이니까요.

08

겉절이가
먹고 싶은 날

◆◆◆──

남자도 때론
겉절이가 먹고 싶은 날이 있다.

햇살이 비단결처럼 화사한 날이나
아카시아 짙은 향기 봄바람에 휘날리는 날엔
마음이 통하는 사람과 마주 앉아
보리밥에 겉절이와 고추장을 넣고
두 손으로 썩썩 비벼 볼이 미어터지도록 먹고 싶다.

옛 친구가 불현듯 생각나는 날이나
봄비가 사륵사륵 내리는 날엔
동구 밖이 훤히 내다보이는 툇마루에 앉아
눈빛이 선한 사람들과
겉절이 안주 삼아 막걸리를 마시며
가는 시간을 붙들어 놓고 한껏 게으름을 피우고 싶다.

겉절이가 먹고 싶은 날은 어머니가 생각난다.

가난했던 어린 시절 별다른 재료 없이도
아무렇게나 쓱쓱 무쳐 주시던
어머니의 손맛이 담긴 배추 겉절이를 먹으며
웃음이 예쁜 사람과 도란도란
옛이야기 같은 정다운 이야기를 나누고 싶다.

행복한 사람은
자기와 세상과의 관계에 있어서
분열을 만들지 않는다.
행복한 사람은
그 인격이 분열하지 않고
세상과 대립이 없는 사람이다.
자기를 우주의
일원으로 생각하며
우주의 모든 아름다움과 기쁨을
자유로이 즐길 수 있는 사람이다.

_버트런드 러셀

CHAPTER 5

사람 사는 냄새가 나는
사람이 되라

참 맑은 행복

내가 세상에서 제일 사랑하는 예쁜 내 딸은 뮤지컬 배우입니다. 얼마 전에는 가을과 너무도 잘 어울리는 애잔하고 절절한, 감성 깊은 발라드 싱글앨범 '플리즈please'를 낸 가수이기도 합니다.

딸은 〈프리즌〉, 〈루나틱〉, 〈모던 걸 백년사〉 등 많은 뮤지컬을 했는데, 이것들을 비롯하여 딸의 모든 공연을 나는 다 보았습니다.

한 공연을 무대에 올리기 위해 들이는 연습은 그야말로 피나는 노력이 따라야 합니다. 그렇지 않으면 역을 소화해내는 데 무리가 따르기 때문이지요. 연습에 연습을 거듭한 끝에야 비로소 배역의 성격 등 인물에 대한 모든 것이 몸에 습관처럼 배어 실제 인물이 된 것 같은 자연스러움으로 관객들을 매료시킬 수 있답니다.

딸은 강서구립극단단원으로 활동하며 뮤지컬과 뮤지컬 갈라쇼를 비롯한 공연은 물론 행사 등에도 열정을 다합니다. 끊임없이 자신을 연마하며 모든 일에 열정을 바치고 최선을 다하는 딸의 모습을 보면 너무도 대견하고 사랑스럽습니다.

2019년 9월, 용인문예회관에서 건국 100주년을 기념하는 뮤지컬 〈좌찬고개 321〉을 보았습니다. 1919년 3월 21일 용인 좌찬고개에서의 항일독립운동을 그린 뮤지컬로 보는 내내 마음을 저리게 하는가 하면, 사랑하는 이의 죽음으로 인해 슬퍼하며 가슴을 아리게 하는 사랑 노래가 눈물을 짓게 했습니다.

그리고 마을 사람들을 배신하여 고난과 고통에 빠트린 간교한 친일파를 볼 땐 같은 인간으로서 거센 환멸을 느꼈습니다. 뿐만 아니라 우리 민족에게 온갖 악행과 만행을 일삼는 일본군의 간악함은 분노를 자아냈습니다.

하지만 세계에서 가장 잔인하고 악랄한 일본군도 우리 민족 앞에 굴복하고 말았지요. 예로부터 우리 민족은 남의 나라를 한 번도 침략한 적이 없는 순수하고 소박한 민족성을 지니면서도 수많은 외세의 침략에도 결코 굴복하지 않은 강인한 민족성과 끈기와 의지를 지닌 민족입니다. 고난 앞에 더욱 강해지는 불굴의 정신은 세계 그 어떤 민족도 우리 민족을 따르지 못합니다. 그만큼 인간적이면서도 강한 민족이 우리 민족이지요.

뮤지컬 〈좌찬고개 321〉은 그러한 우리 민족의 높고 의연한 정신을 잘 보여 준 뮤지컬이라고 할 수 있습니다.

열정을 다하는 딸의 공연을 보는 내내 눈물이 나도록 행복했습니다. 또한 한마음이 되어 일사불란하게 움직이는 배우들의 속도감 넘치는 공연에 아낌없는 박수를 보냈습니다. 한 편의 민족 대서사시를 보는 것 같아 참으로 값진 공연이었습니다.

공연을 마치고 만난 딸이 참으로 자랑스럽고 사랑스러웠습니다. 나는 딸을 꼭 안아 주었습니다.

2019년 가을은 내겐 행복의 계절인 것만큼은 분명합니다. 이 좋은 시절 좀 더 많은 시를 쓰고, 글을 쓰고, 책을 읽고, 뮤지컬을 보고, 사람들과 아름다운 이야기를 나누며 보내야겠다고 나 자신에게 말했습니다.

원주로 오는 내내 가슴 깊은 곳에서 깊은 산속 맑은 샘물 같은 행복과 기쁨이 끊임없이 솟아났습니다.

눈이 즐거운 순간

　서점에 가는 날은 눈이 즐겁습니다. 새로 나온 신간들이 서로 자신을 먼저 봐 달라고 연신 신호를 보내지요. 나는 보채는 책들을 살살 달래며 하나씩 하나씩 순서대로 눈을 맞추고 따뜻한 손길로 어루만져 줍니다. 그러면 책들도 내 마음을 알고는 얌전히 차례를 기다리지요.

　그렇게 하나씩 하나씩 살피는 즐거움은 실로 큽니다. 책의 숨결이 그대로 느껴지기 때문이지요.

　그리고 맘에 드는 책이 있으면 숨은 보물을 찾은 듯 흐뭇한 마음으로 따로 챙겨둡니다. 특히 내게 꼭 필요하다고 생각되는 책을 만나면 오랜 친구를 만난 것처럼 반갑지요.

　나는 시집부터 에세이, 소설, 인문서, 교양서, 자기계발서, 동화, 동시 가리지 않고 다 살펴봅니다. 그러다 보면 대충 3시간 정도 시간이 소요됩니다. 그렇게 책들과 눈을 맞추고 책 향기에 젖다 보면 내가 책인 듯 책이 나인 듯 일체감을 느낍니다.

오늘도 서점에 가서 3시간 이상을 책들과 잘 놀다 왔습니다.

그런데 내가 서점에 머무는 동안 서점을 방문한 사람들은 20명이 채 안 돼 보였다는 것이 아쉬웠습니다. 서점 주인과 직원들이 10명쯤 되는데 3시간 동안 서점을 찾은 사람이 20명이 안 된다는 것은 참 안타까운 일입니다. 물론 내가 들른 시간에 사람들이 별로 없었을 수도 있을 겁니다. 하지만 아무리 그래도 글을 쓰는 작가로서 마음이 편치 않았습니다.

책은 단순히 책이 아니라 삶의 방향을 잡아 주는 '인생의 키'와 같습니다. 또한 책은 생각의 근육을 키워 주는 좋은 벗이지요. 그래서 책을 많이 읽으면 삶의 본질을 깨닫게 됨으로써 인생을 살아가는 데 큰 힘이 됩니다.

삶의 본질의 중요성에 대해 19세기 독일의 철학자이자 시인인 프리드리히 니체는 이렇게 말했습니다.

"본질을 꿰뚫어 보는 눈을 가지는 것은 매우 중요하다."

니체의 말은 사물을 대하거나 사람들과의 관계에 있어 본질의 의미를 잘 파악해야 함을 말합니다. 본질을 잘 파악해야 사물을 바르게 이해할 수 있고, 사람들과의 관계도 잘 이어갈 수 있기 때문이지요.

사물의 본질을 잘 파악하기 위해서는 독서가 절대적으로 필요합니다. 다양한 독서를 통해 길러진 풍부한 지식과 사색은 사물을 이해하고 본질의 의미를 파악하는 데 큰 힘이 되니까요.

그리고 사람들과의 관계에서도 본질의 의미를 잘 파악해야 합니다. 상대가 이야기한 의미를 올바로 받아들이지 못하면 문제가 발생할 수 있습니다. 오해라도 생기면 그 사람과의 관계가 단절될 수도 있으니까요.

꾸준한 독서를 하기 위해서는 독서 습관을 들이는 것이 좋습니다. 독서 습관의 중요성에 대해 마이크로소프트사 창업주이자 세계 제일의 부자인 빌 게이츠는 이렇게 말했습니다.

"오늘의 나를 있게 한 것은 우리 마을의 도서관이었다. 하버드 졸업장보다 소중한 것은 독서하는 습관이다."

니체의 말이나 빌 게이츠의 말은 인생을 살아가는 데 있어 독서가 그만큼 중요함을 뜻하지요.

서점을 자주 이용하고, 꾸준히 책을 읽는 습관을 가진다면 정서적으로도 도움이 되고, 인생의 지혜를 구하게 됨으로써 보다 더 가치 있는 인생을 살아가게 될 것입니다.

감동은 아름답다

    2019년 카타르 도하 세계육상선수권 대회 첫날, 전 세계인에게 깊은 감동을 주는 일이 있었습니다. 5,000미터 예선 경기에서 결승점 200미터를 남겨 두고 탈진한 조너선 버스비 선수를 부축하느라 자신의 경기를 포기한 브라이마 다보 선수. 그는 경쟁 선수의 고통을 그냥 지나칠 수 없어 오랫동안 준비해 온 경기를 포기하고 그를 부축하며 끝까지 결승선을 향해 나아갔습니다. 이 모습을 본 관중들은 3분이 넘도록 뜨거운 박수로 이들을 격려했습니다. 두 선수의 모습은 그 어떤 드라마보다도 감동적이었기 때문이지요.

    "버스비를 앞서 가는 것보다 그를 도와 함께 결승선에 도달하는 게 의미 있는 일이라고 생각했습니다. 누구라도 그런 상황에서는 나와 같은 행동을 했을 것입니다."

    경기를 마친 후 인터뷰에서 다보 선수는 이렇게 말했습니다. 그의 말 속에서 경기보다도 더 중요한 것은 상대 선수의 고통을 함께 하는 것이라는 것을 알 수 있습니다.

당연히 다보 선수는 5,000미터 예선에서 탈락하고 말았지요. 그럼에도 밝게 웃는 다보 선수는 그 누구보다도 행복해 보였습니다.

국제육상경기연맹은 물론 국제올림픽위원회는 다보 선수의 아름다운 행동에 대해 '빛나는 동료애를 발휘한 선수'라며 아낌없는 찬사를 보냈습니다.

그렇습니다. 다보 선수의 행동은 진정한 스포츠 정신이 무엇인지를 잘 보여 준 아름다운 결행이었습니다. 이는 누구나 할 수 있는 행동이 아니기에 널리널리 전해져 사람들의 가슴에 아름다운 '한 송이 꽃'으로 활짝 피어나 귀감이 되어야 합니다.

이 넘치도록 아름다운 소식에 나 또한 행복한 마음입니다. 나에게 행복을 준 다보 선수의 앞날에 큰 축복이 있기를 기도합니다.

쇼팽의 야상곡이
잘 어울리는 저녁 풍경

어둠이 스멀스멀 살포시 내려앉는
2월 비 오는 날 저녁 풍경은
빈센트 반 고흐의 감자 먹는 사람들처럼 정겹다.

추위가 가신 겨울 날씨 속에
봄기운이 들어 있어서일까.
반쯤 열어 놓은 창문으로 들어오는 바람결에서
사랑하는 이의 촉촉한 입술 같은 온기가 느껴진다.

하나둘씩 켜지는 건너편 아파트 불빛과
거리의 네온사인 불빛이
봄꽃처럼 피어나는 비 오는 날 저녁 풍경을
그대로 옮겨 놓으면
정감이 살아 있는 한 컷 풍경화다.

저 멀리 어둠에 잠긴 산이
어린 시절 아버지의 넓은 어깨처럼 우뚝하고
산 아랫마을엔 불빛이 밤안개처럼 번진다.

쇼팽의 야상곡이 잘 어울리는 저녁이다.

〈비 오는 날 저녁 풍경 한 컷〉이란 나의 시입니다.

2월 어느 날, 그날은 겨울답지 않게 참 포근했습니다. 온종일 원고를 쓰고 지친 몸과 마음을 쉬던 중 갑자기 바깥 풍경이 보고 싶어졌습니다.

현관문을 열고 복도로 나가니 짙어지는 어둠을 따라 건너편 아파트에는 하나둘씩 불빛이 피어났습니다. 어둠과 빛은 대조를 이루며 영화의 한 장면을 연상케 했습니다.

눈길을 돌려 거리를 바라보니 네온사인 불빛이 봄꽃처럼 피어났습니다. 그 또한 참으로 아름다운 풍경이었습니다. 정감이 살아 있는 한 컷의 풍경화와도 같다는 생각이 들었습니다.

한참을 서서 저녁 풍경을 바라보는데 가슴 깊은 곳으로부터 따뜻한 기운이 올라오더니 기분이 한껏 좋아지며 지친 몸과 마음이 사르르 풀렸습니다.

문득 빈센트 반 고흐의 〈감자 먹는 사람들〉이 생각나더니 시상이 떠올랐습니다. 나는 얼른 방으로 들어와 쇼팽의 야상곡을 들으며 시를 쓰기 시작했습니다. 시를 쓰고 나서 〈비 오는 날 저녁 풍경 한 컷〉이라고 제목을 정하고 나니 그렇게도 흡족할 수가 없었습니다. 마치 누군가로부터 선물을 받은 기분이었습니다.

지금도 비 오는 날 가끔 쇼팽의 야상곡을 듣습니다. 그러면 그날의 저녁 풍경이 선명하게 떠오르며 마음이 따뜻해지곤 합니다.

소중한 기억은 마음의 보석과도 같으니까요.

최고의 행복

아버지라는 이름으로 산다는 것은 책임이 따르는 일이지요. 한 가족을 책임져야 하고, 가족들이 행복하게 살 수 있도록 해야 하는 의무가 주어지기 때문입니다.

결혼 전에는 나를 위한 행복 추구가 삶의 목표라고 여겼습니다. 하지만 가족이 생기고 나서는 모든 것이 나를 벗어나 가족에게 맞춰졌습니다. 가족의 행복이 우선이고 그것이 곧 나의 행복이라는 것을 알게 된 것이지요.

특히 자녀를 통해 얻는 행복은 나를 더욱 행복하게 합니다. 내겐 아들과 딸이 있는데, 두 아이들이 기뻐하고 즐거워하는 일은 곧 내게도 기쁨이고 즐거움이지요. 아이들이 속상해할 때 내 마음은 더욱 속상하지요.

이런 까닭에 내가 행복하기 위해서는 아이들이 행복해하고 즐거워야 합니다. 이는 아버지라면 누구나 느낄 것입니다.

아이들을 볼 때마다 아이들이 행복하게 자신의 인생을 잘 살았으면 하는 마음이 더욱 간절해집니다. 그리고 아이들이 행복해하는 모습을 보면 나 역시 그렇게 행복할 수가 없습니다. 그 행복의 깊이는 아이들이 어렸을 때보다 더욱 깊어졌습니다.

아버지에게 자식은 눈을 감을 때까지도 여전히 자식입니다. 나는 각자 독립해서 살고 있는 아이들과 카톡으로 소통을 합니다. 그러다 목소리가 듣고 싶으면 전화를 걸기도 하지만, 아이들이 바쁘다 보니 방해하고 싶지 않아 카톡을 주로 이용하지요.

"아빠 딸, 오늘도 힘차고 즐겁게 파이팅!"

뮤지컬 배우인 딸은 공연과 행사로 매우 바쁘게 지내다 보니 카톡으로 응원을 합니다. "아빠도 즐겁게 파이팅!" 하고 카톡이 오면 그렇게 행복할 수가 없습니다.

아들 또한 마찬가지입니다. 아들이 하는 일을 인정해 주고 응원해 주면 자신감을 갖고 매진하는 것을 볼 수 있습니다. 아들이 자신이 하는 일에 대해 자세하게 알려 오는 걸 보면 그걸 확실히 느끼게 됩니다.

아침마다 나는 아이들이 행복하기를 바라며 기도를 합니다. 아이들의 행복이 곧 내겐 최고의 행복이니까요.

너에게
닿고 싶다

바람이 좋다.

바람을 좋아하는
바람 같은 너.

바람이 좋은 날은 미련 두지 않고

바람으로 흘러
너에게 가 닿고 싶다.

아름다운 가치,
참된 가르침이란

　스승의 도가 떨어질 대로 떨어지고 -스승의 도리를 벗어난 일부 몰지각한 교사나 교수들로 인한 것이기도 하지만- 그로 인해 스승에 대한 존경심 내지 경외감은 땅에 구르는 찌그러진 깡통처럼 되어버렸습니다.

　참된 가르침이란 학생 개개인을 사람다운 사람으로 키우고, 후학을 양성함으로써 국가와 민족을 위한 백년대계를 향한 사명감에서의 가르침을 말함인데, 지금의 우리 교육 현실을 보면 가르침을 직업으로서만 인식하는 경향이 뚜렷해지다 보니 가르침에 대한 사명감 또한 사라지고 말았습니다.

　물론 그중에는 스승의 도를 다하는 참된 스승도 있으리라 생각하지만 보편적으로 예전의 스승다운 면모를 볼 수 없는 것은 사실이니 안타깝기 그지없습니다.

　그런데 어느 날 과로로 몸과 마음이 처져 쉬고 있던 중 아름다운 뉴스를 접했습니다. 장애를 가진 어린 학생을 업고 25킬로미터나 되는 험한 산길을 걸어 현장학습을 다녀온 미국의 한 초등학교의 교사 이야기는 그야말로 사막의 오아시스와도 같은 이야기가 아닐 수 없었습니다.

미국 켄터키 주 톨리초등학교에 다니는 라이언 네이버스 학생은 선천적인 장애로 인해 평생 휠체어에 의존해야만 합니다. 그러다 보니 수학여행이나 현장학습을 갈 수 없어 늘 마음 아파했다고 합니다. 이번에도 학교에서 현장학습을 실시했는데, 현장학습 장소인 '폭포 공원'은 험한 바위산을 몇 개나 지나야 하는 험준한 길을 무려 25킬로미터나 가야 하는 곳입니다. 그러다 보니 라이언은 포기할 수밖에 없었지요. 현장학습을 가지 못해 속상해하는 라이언의 얘기를 듣고, 교사 짐 프리먼은 라이언 어머니에게 전화를 걸어 자신이 데리고 갔다 오겠다고 말했습니다. 그리고 약속대로 라이언을 업고 현장학습을 다녀왔습니다.

짐은 라이언이 다니는 학교의 교사이긴 했지만 라이언의 담임선생님도 아니었고, 평소 라이언과 교류가 있던 사이도 아니었습니다.

이 소식은 급속도로 퍼져 나가 많은 사람들을 감동에 젖게 했습니다. 사람들의 칭찬에 대해 짐은 이렇게 말했습니다.

"많은 선생님이 학생들을 위해 열심히 노력합니다. 내 행동이 특별한 것이 아닙니다."

겸손해하는 짐의 말은 참스승의 도리와 가치가 무엇인지에 대해 잘 알게 합니다.

이 소식을 접하고 나니 처졌던 몸과 마음이 한결 가뿐해지는 걸 느낄 수 있었습니다.

'아름다운 가치, 참된 가르침'이란 무엇인가에 대해 생각하게 해 준 짐의 아름다운 이야기는 내게는 최고의 피로회복제였습니다.

가을비
그리고 시와 쇼팽

시월 어느 날 아침, 자리에서 일어나니 비가 추적추적 내렸습니다. 베란다 문을 여니 서늘하지만 상큼한 기운이 감돌며 짜르르 전율이 일었습니다. 나무들은 비를 맞으면서도 기분 좋은 표정을 짓고 있었지요.

나는 잠시 쌀쌀함은 잊고 깊은 심호흡을 하며 서늘하지만 신선한 공기를 한껏 들이마셨습니다. 무거웠던 머리가 금세 맑아지더니 몸이 가뿐해졌습니다.

출근하는 사람들, 학교 가는 아이들이 여느 날처럼 분주하게 움직이고 있었지만, 여느 때와는 사뭇 다르게 정감이 넘쳐났습니다. 머리가 맑고 기분이 좋으니 늘 보던 것들이 새롭게 다가온 것입니다.

한참을 서 있다 방으로 들어와 오디오에 시디를 걸고 쇼팽의 곡을 들었습니다. 잔잔한 선율에 마치 한 마리의 나비가 날 듯 몸이 붕 뜨는 기분이었습니다.

나는 신문을 보면서, 식사를 하면서 계속 음악을 들었습니다. 식사를 마치고 나서도 오디오 시디는 줄기차게 돌아갔습니다. 그러다 보니 어느새 오후 2시가 되었습니다.

나는 자리에서 일어나 밖을 내다보았습니다. 여전히 가을비는 소곤대듯 내리고 있었습니다.

그날 나는 온종일 쇼팽, 바흐의 연주곡과 루치아노 파바로티, 안드레아 보첼리를 비롯해 캐리 앤 론, 비틀즈, 케니 로저스의 다양한 음악을 들으며 시를 읽고 썼습니다. 그중에서도 가을비와 시와 잘 어울리는 곡은 역시 쇼팽의 곡이었습니다.

가을비의 서늘함 속에는 따뜻함과 부드러움이 들어 있어 잔잔하고 서사적인 쇼팽의 선율과 잘 어울렸습니다.

그날은 마치 소중한 하루를 선물 받은 기분이었습니다.

아름다운 뒷모습

어느 날, 길을 가다 아름다운 광경을 보았습니다. 저 앞에서 머리가 하얀 노부부가 손을 꼭 잡고 걸어가고 있었습니다. 할머니는 어딘가 몸이 불편해 보였는데, 할아버지가 꼿꼿한 자세로 할머니가 불편해하지 않도록 하는 모습이 역력했습니다.

할머니가 그런 할아버지를 쳐다보고 빙긋 웃으며 무어라 얘기를 하자, 할아버지도 빙그레 웃으며 할머니의 어깨를 감싸 주었습니다. 젊은 사람들에게서는 흔히 보이는 모습이지만, 어르신들에게서는 좀처럼 보기 힘든 모습인지라 무척 아름답게 다가왔습니다.

언젠가 어르신들로만 구성된 악단이 거리에서 공연하는 것을 본 적이 있는데 그때의 모습이 떠올랐습니다. 백발의 어르신들이 연주하는 모습이 어찌나 보기 좋던지 연주는 다소 서툴렀지만 그 어느 악단보다도 큰 감동으로 다가왔습니다.

나이가 든다는 것은 늙어가는 것이 아니라 인생의 완성도를 높이는 과정입니다. 그래서 높은 덕망과 풍부한 지식과 경험을 지닌 어르신들은 그 자체로 삶의 지혜이며 인생의 백과사전과도 같습니다.

나이가 들고 힘이 빠졌다고 해서 어르신들을 소외시켜서는 안 됩니다. 그분들의 오랜 인생의 경험과 지혜를 바탕으로 젊은 세대들은 물론 어린이들과 청소년들의 멘토로서 역할을 할 수 있도록 정부나 지자체에서 사회적 제도나 장치를 마련하는 것에 대해 생각해볼 필요가 있습니다. 아니 반드시 그렇게 해야 합니다. 그렇게만 할 수 있다면 어르신들도 정신적, 육체적으로 활력을 찾게 됨은 물론이 사회는 더욱 밝고 행복하게 될 것입니다.

이 글을 쓰는 동안 백발 노부부의 온화하고 다정한 모습이 환히 떠올라 내 마음을 따뜻하게 하는군요. 그때 본 노부부의 뒷모습은 내가 본 어떤 부부보다도 아름다운 그림이었습니다.

동심을 잃지 않기

나는 의자인 것이 참 좋아요.
사람들이 앉아 쉴 수 있게 해 주는 것이
내 즐거운 보람이니까요.
나에게는 온갖 손님들이 찾아오지요.
지팡이를 짚고 오시는 할머니
예쁜 아가를 데리고 오는 엄마
머리를 길게 딴 눈이 새까만 아이
가끔은 잘 곳이 없는 노숙자 아저씨.
어디 그뿐인 줄 아세요.
하늘을 씽씽 날아가던 새들도
바람에 떠밀려 허겁지겁 날아온 낙엽도
아기 참새 눈처럼 반짝이는 햇살도
살며시 내려와 잠시 쉬었다 가지요.
누군가에게 도움이 된다는 것은

기분 좋은 일이지요.

나는 맘대로 움직일 수는 없지만

매일매일 나를 찾아와 주는 손님들이 있어

의자인 내가 참 좋습니다.

어린이들을 위해 쓴 〈의자〉라는 동시입니다.

체육공원을 산책하다 떠올라 쓴 동시이지요. 의자를 보면서 의자와 같은 사람으로 살 수 있으면 얼마나 좋을까, 생각하게 되었지요.

의자는 자신을 찾아오는 그 누구에게도 자신을 내어 주지요. 사람이든, 새든, 잠자리든, 나비든, 바람에 날리는 낙엽이든 마다하지 않고 앉았다 가게 하지요.

요즘 어린이들은 스마트 폰과 각종 게임 등에 매우 익숙할 뿐만 아니라 유튜브를 즐기는 것은 물론 직접 유튜버로 활동하기도 하지요. SNS도 자유자재로 이용할 줄 아는, 그야말로 디지털 세대로서의 역량을 유감없이 보여 주고 있지요.

문제는 그러다 보니 정서가 메마르고 인간성을 상실할까 하는 염려를 하지 않을 수 없다는 것입니다. 실제로 어린이들과 이야기를 해 보면 얼굴은 어린이인데 생각하는 것이나 말하는 것이 어른 같아 깜짝 놀랄 때가 많습니다. 이 모두는 디지털 문화에 그대로 노출되었기 때문이지요. 심지어는 유튜브 구독자 수를 늘리기 위해 속옷 차림으로 자는 엄마의 모습이나 샤워하는 모습을 몰래 찍어 유튜브에 올린다는 신문기사를 보고 아연실색한 적이 있습니다.

이는 어린이가 동심을 잃고 어린이답지 않아 생기는 일이지요. 물론 일부 몰지각한 어른들의 잘못이 크지요.

실태가 이러다 보니 글을 쓰는 사람으로서 어린이들이 더는 동심을 잃게 해서는 안 된다는 생각에 동시나 동화를 비롯해 어린이들을 위한 글을 더 많이 써서 읽혀야겠다는 의무감이 드는군요.

동심이란 비단 어린이들만이 갖춰야 할 마인드는 아니지요. 어른들 역시 동심을 잃지 말아야 합니다. 동심은 천심이기 때문이지요. 동심을 품고 살면 인간의 본성을 잃지 않게 되고, 따뜻한 인간애를 갖고 살게 되지요.

그런데 요즘 동시들 중엔 동심의 진정성은 없고, 말장난 같은 동시, 감각적인 동시, 어른이 봐도 난해한 동시, 여과장치 없이 쏟아내는 비언어적이며 상식 이하인 동시들이 동시 문단을 어지럽히고 있습니다. 이는 매우 위험한 현상이 아닐 수 없습니다. 그 어떤 동시라도 동시의 주 독자층인 어린이들의 동심에 반하거나 동심의 진정성이 없는 것은 절대 삼가야 합니다. 그것은 어린이들의 동심을 혼란스럽게 하고 마음을 병들게 하는 일이니까요.

동시는 동심을 잃지 않게 잡아 주는 인간 본성의 '중심 추'입니다. 어린이와 어른이 함께 읽기에 좋은 동시들이 많이 쓰여지기를 바랍니다. 동심으로 사는 사람들이 많을수록 세상은 더 따뜻하고 아름답게 발전될 테니까요.

동시는 가장 인간다운 시이자 동심의 본질이랍니다.

오월

오월은
온 세상이 거대한 화원이다.

오월은
온 세상이 거대한 수목원이다.

오월은
온 세상이 거대한 사랑이다.

그래서 오월은 슬프도록 아름답다.

위대한 시詩

화창한 시월, 제자들과 함께 평창 봉평으로 향했습니다. 서울에서 살다 그곳에 집을 짓고 새로운 생활을 시작한 조두현 시인을 만나기 위해서지요. 그는 한국아동문학인협회 사무국장을 역임한 시인으로 몇 번 만나지는 않았지만 넉넉한 인품을 지녀 오래전부터 만나 온 지인처럼 친근합니다.

차를 타고 가며 한창 물들기 시작한 단풍을 바라보는 기분은 마치 한 잔의 그윽한 차를 마시며 멋진 드라마를 보는 듯했습니다. 나무마다 어쩜 그리도 아름답게 빛깔을 내어 사람들에게 기쁨을 주는지 그저 감사할 따름이었지요.

산은 나무들이 있어 그처럼 품격 있는 모습을 하고, 나무들은 산이 품어 주어 그리도 빛깔 고운 모습을 하고 있다는 생각에 서로 품어 주고 보듬어 준다는 것이 얼마나 아름다운 은총인지 다시 한 번 느꼈습니다.

약속 장소에 먼저 와 기다리고 있던 그가 우리 일행을 보고 반가이 맞아 주었습니다. 살집이 있던 예전 모습과는 달리 얼굴도 몸도 살이 많이 빠졌지만, 시골 농부들이 야윈 듯 보여도 강골이듯 그 또한 야윈 모습 뒤로 강골의 모습이 언뜻 보였습니다. 농사라고는 지어 본 적이 없는 그야말로 초보 농부로, 농사일이 얼마나 고된 일인지를 느낄 수 있었습니다.

우리는 메밀전과 메밀국수를 먹고 나서 그의 집으로 가 차를 마시며 잠시 이야기를 한 뒤 물 좋기로 이름난 홍정계곡으로 향했습니다. 비취빛 계곡물이 어쩌나 맑은지 보는 것만으로도 몸과 마음이 맑게 씻기는 것 같았습니다. 계곡을 따라 줄지어 곱게 물든 단풍은 붉은 물감을 풀어 놓은 듯 계곡물을 발갛게 물들였는데, 탄성이 절로 났습니다. 시간 관계상 차에 탄 채 계곡을 훑어가듯 돌아보았지만, 그래도 참 좋았습니다.

홍정계곡을 돌아 나온 후 근처에 있는 이효석문학관으로 향했습니다. 달밤에 소금을 뿌려 놓은 것 같은 메밀꽃은 없었지만, 기분만큼은 눈이 부실 만큼 흰 메밀꽃을 보는 듯했습니다.

차를 주차하고 우리 일행은 이효석문학관을 향해 언덕을 올라갔습니다. 십여 년 전에 다녀갔을 때와는 달리 주변에 많은 집들이 들어 차 있어 운치 있는 문학관의 분위기를 해치는 듯한 아쉬움에 문학관이나 문화재 주변엔 정책적으로라도 개인의 집이나 건물을 짓지 않도록 했으면 좋겠다는 생각이 들었습니다.

이효석문학관을 둘러보고 새로 조성했다는 달빛 언덕으로 향했습니다. 그곳에 이효석이 평양에 있을 당시 살았던 집을 재현해 놓앉는데, 놀라운 것은 침대와 축음기는 물론 피아노와 커피세트 등의 현대적인 모습이었습니다. 그 당시에 그렇게 살았다는 것은 상당한 일이 아닐 수 없습니다. 커피를 즐기고 피아노를 치고 클래식을 듣던 이효석의 모습이 떠오르자 그의 깔끔하고 모던한 성격이 느껴졌습니다.

달빛 언덕을 내려와 주변을 잠깐 살펴본 후 우리는 다음날을 기약하며 아쉬운 작별을 해야만 했습니다.

그와 헤어져 돌아오는데 몸과 마음이 한결 가벼워져 충만함과 산뜻한 행복을 느꼈습니다. 마치 멋진 시를 감상한 느낌이었습니다.

그렇습니다. 자연은 하나님이 쓰신 위대한 시입니다. 그 멋진 시를 때때로 감상하는 것만으로도 우리는 충분히 위로받고 힘을 얻을 수 있습니다.

참 감사한 하루였습니다.

아무렇지도 않게
가슴 따뜻한 날

신문을 보다 가슴 따뜻한 기사를 보게 되었습니다. 버스 운전을 하는 55세의 기사가 서울시 9급 공무원 공채에 합격했다는 소식이 었습니다. 그는 공무원이 되겠다는 일념으로 버스 운전을 하면서도 EBS와 사설학원 인터넷 강의를 들으며 공부했다고 합니다.

남들은 퇴직을 준비하며 인생 2막을 꿈꿀 때 그는 버스를 운전하며 공무원의 꿈을 이룬 것입니다. 정년이 60세라 비록 5년밖에 공무원 생활을 할 수 없지만 그 나이에 공무원이 되었다는 것은 큰 박수를 받아 마땅합니다. 특히나 고시촌에서 몇 년씩 공부에만 매달려도 합격하기 힘들다는 공무원 시험, 그 시험을 생업인 버스를 운전하는 가운데 합격했다는 것은 젊은이들에게 충분히 귀감이 되는 얘기가 아닐 수 없습니다.

그가 그 힘든 공부를 결심한 것은 꿈을 이루기 위해서였다고 합니다. 젊은 시절 먹고살기 위해 노동을 비롯한 많은 일들을 했지만, 그의 가슴엔 언젠가는 공무원의 꿈을 이루겠다는 신념이 불타고 있었지요. 꿈에 대한 신념이 오늘의 그를 만든 것입니다. 할 수 있다는 마음과 신념으로 공부했다는 그의 말은 그래서 더욱 마음을 따뜻하게 합니다.

　꿈은 그것이 무엇이라 할지라도 좋은 것입니다. 꿈을 펼치기 위해 노력하는 모습은 그 어떤 그림보다도 아름답고 감동적이지요.
　기사를 읽고 난 후 나는 마음이 참 흐뭇했습니다. 비록 나와는 아무 관계 없는 그였지만, 아름다운 모습을 보여 준 그의 삶이 너무도 멋졌기 때문이지요.
　그날 하루는 아무렇지도 않게 가슴 따뜻한 날이었습니다.

나는 충분히
행복한 사람입니다

  날씨가 몹시 추운 겨울날 서울에 사는 아들이 택배를 보내왔습니다. 입으면 열을 낸다는 발열 내복과 모자였습니다. 나는 열이 많고 갑갑해 지금껏 한 번도 내복을 입어 본 적이 없습니다.

  하지만 아들의 정성을 생각해 입고 외출을 했습니다. 내복이 투박하지 않고 몸에 착 붙어서일까, 몸이 둔하지 않은 게 아주 가뿐했습니다. 그런데다 참 따뜻해 볼일을 보는 내내 그리고 집으로 돌아오는 길이 그 어느 때보다도 경쾌했습니다.

  얇은 내복 하나가 그처럼 몸을 따뜻하게 감싸 주다니, 물론 의류 기술의 발전에 의한 것이겠지만 나를 생각하는 아들의 따뜻한 마음의 온도가 더해졌기에 더 따뜻함을 느꼈던 것이지요.

  나는 집에 오자마자 아들에게 전화해 내복을 입고 외출하고 왔는데 따뜻해서 참 좋다고 말했습니다. 모자도 잘 쓰겠다고 하니, "다음에 또 사 드리겠습니다."라고 말하는 아들의 기분도 좋은 것 같았습니다.

아들과 전화를 끊고 가만히 생각하니 내복 하나에도 이처럼 즐거워하는 것이야말로 진정한 행복이라는 것을 다시금 느꼈습니다. 소소한 일에서 행복을 느낄 때 그만큼 더 자주 더 크게 행복이 가슴에 와 닿는 것이니까요.

올 겨울은 아들의 정성으로 한결 따뜻하게 보내게 되었습니다. 이것만으로도 나는 충분히 행복한 사람입니다.

기분 좋은 사람이
된다는 것은

생일날 제자들이 선물한 프리지어 꽃다발의 짙은 향이 내 작업실을 가득 채웁니다. 책도 책장도 작업실 한복판을 차지한 그림도 그리고 나도 프리지어 향이 흠뻑 배었습니다. 한 다발의 프리지어 꽃이 이토록 강렬한 향기를 뿜어내다니 참으로 놀라웠습니다.

향기가 힘이 세다는 건 해마다 오월이 되면 내가 사는 아파트 뒷동산 아카시아 나무숲을 빠져나온 아카시아 향기를 통해 이미 알고있었지만, 한 다발의 프리지어 향이 그처럼 강렬함은 오늘에야 피부 깊숙이 느낄 수 있었습니다.

아름다운 향은 사람을 기분 좋게 하고, 평안하게 하고, 긍정적인생각을 갖게 합니다. 좋은 향기를 맡으면 신경전달물질인 도파민이분비되어 기분을 좋게 하는 까닭이지요.

하지만 아무리 꽃향기가 좋다고 해도 사람의 향기만은 못합니다. 아름답고 사랑스러운 마음을 갖고 사는 사람은 그 어떤 꽃보다도아름다우니까요.

작업실을 가득 채운 한 다발의 프리지어 향이 그토록 짙고 향기로운 것은, 비록 부족한 스승이지만 해마다 스승에게 예와 도리를 다하고자 애쓰는 제자들의 아름다운 정성이 함께 했기 때문일 것입니다.

그렇습니다. 사랑과 정성이 가득한 것은 그것이 무엇일지라도 기분을 좋게 하고, 행복하게 하고, 살아 있다는 것에 대해 지극히 감사하게 한답니다.

그 누군가의 삶에 기분 좋은 사람이 되어야 합니다. 그것은 상대방에게도 자신에게도 긍정적인 에너지를 뿜어내게 하고, 아름다운 향기를 선물하는 것과 같으니까요.

아래 시는 프리지어 꽃다발을 선물 받고 쓴 〈프리지어 향기〉라는 시입니다. 헌 번 감상해 보세요. 아마 시에서 프리지어 향기를 느끼게 될 것입니다.

생일날 제자들이 선물한
프리지어 꽃다발이 놓여 있는 작업실이
프리지어 향으로 가득하다

어느 시인은 동시童詩에서
귤 한 개가 방을 가득 채우고
방보다 크다고 했는데,

프리지어 향에
제자들의 정성이 더해진 까닭이리라

그 어떤 꽃향기가 곱고 예쁜 정성에 비하랴

사람이 꽃보다 아름답다는
어느 가수의 노래처럼
사랑과 정성이 가득 담긴 사람의 향기가
만고천하萬古天下에서 제일인 것을

그날 하루
나도 작업실도 프리지어 향에 흠뻑 잠겼다

김성주 아나운서

    김성주 아나운서는 예능은 물론 음악 프로그램의 진행과 스포츠 중계 등 다양한 분야를 넘나드는 멀티 아나운서로 나는 그가 천부적으로 타고난 말 재주꾼이라는 생각이 듭니다.

    그는 자신이 맡은 프로그램은 그것이 무엇이든 자신의 것으로 완벽히 소화해 시청자들의 눈과 귀를 즐겁게 하고 신뢰를 줍니다.

    그러나 그가 무엇보다 최고의 진행자인 것은 함께 방송하는 사람들이 편안한 마음으로 이야기하게 만드는 데 있습니다. 출연자들의 성격에 따라, 프로그램 분위기에 따라 상대를 배려하는 센스는 여타의 아나운서나 그 어떤 방송 진행자보다 한 수 위입니다.

    언제나 부드러운 표정에 넉넉한 웃음, 때에 따라 자신을 살짝 망가뜨리면서 분위기를 살리는 진행 솜씨는 그가 왜 진정한 프로인지를 잘 보여 줍니다.

    성품과 재능이 그처럼 타고났기 때문이기도 하겠지만, 자신이 하는 일을 그만큼 사랑한다는 것에 대한 반증이겠지요. 그래서 그를 보고 있으면 기분 좋은 에너지가 느껴집니다.

그렇습니다. 자신의 일을 사랑하는 사람은 그 내면 깊숙이에서 기분 좋은 에너지가 넘쳐나 자신에게도 남에게도 좋은 에너지를 줍니다.

남에게 좋은 에너지를 주는 사람처럼 행복한 사람은 없습니다. 그런 까닭에 그가 진행하는 방송은 언제나 웃음과 행복과 기분 좋은 에너지가 넘칩니다.

사람 사는 냄새가 나는 사람이 되라

매사에 계산적이고
이해타산적인 사람을 보면
몸도 마음도 경직되는 것 같은 기분이 드는 것은
사람 사는 냄새가 나지 않기 때문입니다.

그래서 아무리 사회적 신분이 뚜렷하고
부와 지위를 지녔다고 해도
사람 사는 냄새가 나지 않는 사람과는
가까이 하기가 꺼려지고 거리를 두게 되지요.

그러나 가난하고 지위가 낮아도
사람 사는 냄새가 나는 사람은 친근감이 들어
그와 함께 하는 것만으로도
마음이 푸근해집니다.
사람 사는 냄새가 난다는 것은
그만큼
그 사람이 순수하다는 것을 뜻합니다.

그렇습니다.
순수성을 잃지 말아야 합니다.
그것은 사람다움을 잃어버리는 것과 같아
자신에게도 남에게도
삭막한 삶을 살게 할 뿐입니다.

241

사람들은 왜
좋은 향기를 좋아할까

  사람들은 저마다 좋아하는 향기가 있습니다. 저마다의 취향에 따른 것이지요.
  사람들이 좋은 향기를 좋아하는 것은 좋은 향기는 엔도르핀과 같은 신경호르몬 분비를 촉진시켜 심신이 안정되는 데 도움을 주는 까닭이지요.

  향기가 사람에게 미치는 영향에 대해 실험이 있습니다.
  택시에서 좋은 향기가 나면 승객들은 기분 좋은 표정을 짓고, 목적지에 도착할 때까지 기사와 이야기를 나누는 등 긍정적인 모습을 보였습니다.
  그러나 택시에서 좋지 않은 냄새가 나면 표정이 어둡고 목적지에 도착할 때까지 불안정한 모습을 보였습니다. 이 실험에서 보듯 좋은 향기는 누구나 좋아하고, 필요로 한다는 것을 알 수 있습니다.
  나 역시 택시를 탔을 때 좋은 향기가 나면 "기사님, 향기가 무척 좋습니다." 하고 먼저 웃으며 말하곤 합니다. 그러면 기사는 "아, 그래요? 기분이 좋으시다니 저 또한 기분이 무척 좋은데요."라며 맞장구를 치지요.

하지만 담배 냄새 등 나쁜 냄새가 나면 차를 세웠다가도 양해를 구하고 타지 않습니다. 내 기분까지 불쾌하게 한다는 것을 경험상 잘 알기 때문입니다.

사람과의 관계에서도 마찬가지입니다. 자신이 좋아하는 사람과 함께 있을 때는 시간 가는 줄 모르고 수다를 떨어대지요. 좋아하는 사람은 좋은 향기와 같아서 함께 있는 것만으로도 기분을 좋게 하고 행복해지게 하기 때문입니다.

그러나 싫어하는 사람은 그 사람을 보는 것 자체만으로도 언짢아지고, 그 자리를 빨리 벗어나고 싶게 되지요. 싫어하는 사람은 나쁜 냄새와 같기 때문입니다.

그렇습니다. 누군가에게 좋은 사람이 된다는 것은 상대뿐만 아니라 자신에게도 행복하고 기분 좋은 일입니다.

만나는 사람 누구에게나 좋은 향기를 내는 사람이 될 때, 삶은 그만큼 즐거워지고 행복해지는 것이랍니다.

마음의 본향本鄕

사람들 가슴엔
별이 살고 있다.

사랑이라는
참 맑고 아름다운 별.

〈별〉이라는 나의 시로 아주 오래전 경기도 여주에 있는 어느 작은
시골 마을로 봉사활동을 갔을 때 쓴 시입니다.

그 당시 나는 일주일 동안 시골 교회에서 중고등학생들에게 노래
와 시를 가르치며 즐거운 시간을 보냈습니다. 마을 앞으로는 운치
있는 맑은 호수가 있었는데, 밤이면 수많은 별들이 호수에 내려와
반짝이는 모습은 그 어떤 명화名畵보다도 아름다웠습니다. 나는 그
때의 감흥을 곧바로 시로 썼습니다.

그리고 제목을 〈별〉이라고 했지요. 사람들 가슴에도 별이 있다고

생각한 것인데 그것은 곧 '사랑'이지요. 사랑은 사람들 가슴에 살고 있는 '별'인 것입니다.

지금도 이 시를 읽을 때마다 가슴에 녹아 흐르던 그 깊은 감흥의 물결에 생생하게 사로잡히곤 합니다.

왜 그럴까요. 깊은 감흥에서 온 그 '순간'은 '영원'으로 이어질 만큼 몸과 마음을 맑고 투명하게 만들어 주기 때문입니다.

그렇습니다. 시는 마음의 본향입니다. 그런 까닭에 우리는 시를 읽어야 합니다. 시를 읽어야 마음의 본향인 인간성을 잃지 않습니다. 인간성을 잃지 않는 마음은 맑고 투명한 호수와 같습니다. 호수가 하늘과 별과 구름, 그리고 주변의 풍광을 살뜰히 받아 안듯 모든 것을 받아들이면서도 순수함을 잃지 않게 하지요.

그러나 인간성을 잃게 되면 순수성을 잃게 되어 이기적이고, 배려할 줄도 모르고, 탐욕으로 가득 물들게 되어 자신에게도 타인에게도 아픔을 주고 고통을 안기기도 하지요. 이럴 때 마음을 맑게 정화시키는 한 편의 좋은 시를 읽는다면 거칠고 메마른 마음을 따뜻한 감동으로 물들여 순수성을 되찾는 데 큰 도움이 된답니다.

시를 읽는 눈은 맑고 정감이 넘칩니다. 시를 쓰는 손은 아름답습니다. 시를 이야기하는 입술은 사랑이 넘칩니다. 시를 품은 가슴은 따뜻합니다.

시를 읽으세요.

시는 가장 순수한 인간의 본질적 마음의 본향입니다.

사람과 길과
장벽

사람은 길이 되기도 하고 누군가의 장벽이 되기도 한다.

길이 되는 사람은
자신도 누군가에게도 빛이 되게 하지만,

장벽이 되는 사람은
자신도 누군가에게도 어둠이 되게 한다.

누군가에게 길이 되라.

누군가에게 길이 되는 사람,
그 사람이야말로
진정으로 축복받은 행복한 사람이다.

풀꽃,
다시 나를 찾아오다

2020년 봄은 코로나바이러스로 왔습니다. 전혀 생각지 못했던 바이러스의 창궐로 전 세계가 패닉 상태에 빠졌습니다. 코로나바이러스 앞에서 최첨단 과학과 의학도 힘을 쓰지 못해 바이러스의 기세는 꺾일 줄을 모릅니다. 고등동물인 인간이 눈에 보이지 않는 바이러스 앞에 이처럼 유약하다는 것이 믿기지 않을 정도입니다.

이런 가운데에도 우리나라는 정부의 뛰어난 방역전략과 선진의료기술과 질병관리본부직원들을 비롯한 소방관들과 자원봉사자들의 헌신으로 국가와 사회를 봉쇄하지 않은 가운데서도 모범 방역국으로 전 세계 언론과 국가지도자는 물론 전문가들로부터 찬사를 받고 있습니다.

그러나 지속적인 사회적 거리 두기로 생활에 제약을 받음은 물론 경제활동을 제대로 하지 못하는 등 사람들의 몸과 마음은 지쳐가고 있습니다. 나 또한 예외일 수 없다 보니, 반드시 코로나바이러스를 종식시킬 수 있다는 희망을 가지면서도 한편으로는 몸과 마음이 힘든 건 부인하지 못합니다.

소소한 일상으로의 복귀를 간절히 바라며 하루하루를 기도하며 지내고 있습니다.

그러던 4월 어느 날이었습니다. 베란다 바깥쪽 턱이 진 부분에 작고 여린 풀꽃들이 피어 있는 것을 보게 되었습니다. 순간 내 입가에는 잔잔한 기쁨의 미소가 피어났습니다. 2019년 봄에 처음 본 그 풀꽃이었습니다. 그 풀꽃이 새 생명으로 다시 태어난 것입니다.

"풀꽃아, 이렇게 다시 나를 찾아와 줘서 참 고맙다. 너희들을 보니 반가운 친구를 만난 듯 기쁘구나."

나는 이렇게 말하며 귀여운 아가의 볼을 쓰다듬듯 풀꽃을 조심조심 만져 보았습니다. 손가락 끝에 와 닿는 보드라운 감촉이 내 손가락을 타고 가슴으로 전해졌습니다.

그 순간, 이 여린 풀꽃도 그 추운 겨울을 이겨내고 이렇게 다시 예쁘게 피어났는데 지금 잠시 어려운 시간을 보내고 있다고 해서 답답해하고 조급해한다는 것은 인간으로서 얼마나 부끄러운 일인가, 하는 마음이 들었습니다.

다음 날부터 나는 아침에 일어나면 풀꽃이 잘 있나 살펴보았습니다. 비가 오는 날이나 날씨가 추운 날이나 풀꽃은 여전히 그 자리에서 푸른빛을 반짝이며 나를 반겨 맞아 주었습니다.

그 작고 여린 풀꽃은 나에겐 적잖은 위안이 되어 주었습니다.

이제 머잖아 코로나바이러스도 종식되리라 믿습니다. 그날이 하루빨리 다가오길 기도하며 오늘도 희망을 품고 하루를 시작합니다.

복이 있다고 다 누리지 말라.
복이 다하면 몸이 빈궁해진다.
권세가 있다고 다 부리지 말라.
권세가 다하면 원수와 서로 만나게 된다.
복이 있거든 항상 스스로 아끼고,
권세가 있거든 항상 스스로 공손하라.
인생의 교만과 사치는 처음은 있으나,
많은 경우에 끝이 없다.

_ 명심보감

CHAPTER 6

멈춤,
그 아름다운 미덕

비와 까치

　사월 들어 어느 비 오는 날이었습니다. 글을 쓰다 차가 마시고 싶어 주전자를 가스레인지에 올려놓고 불을 켜는데, 바깥 베란다에서 까치가 지저대었습니다. 그 소리가 어쩌나 큰지 나는 얼른 베란다로 향했습니다.

　그리고는 까치를 쫓아 버릴까 하다 그만 발길을 멈추었습니다. 에어컨 실외기 위에서 까치가 비를 피하고 있었기 때문입니다. 한낱 미물에 불과하지만 까치 또한 생명을 지닌 존재라 빗속으로 쫓아낸다는 게 마음이 내키지 않았습니다.

　까치는 이런 내 마음도 모른 채 계속해서 울어댔습니다. 무슨 사연이라도 있는 듯 울음소리가 거칠고 절박한 느낌을 주었습니다. 그러다 어느 사이에 까치 울음이 뚝 그쳤습니다.

　나는 고개를 돌려 베란다를 바라보았습니다.

　그리고 그때 참으로 아름다운 광경을 목격했습니다. 에어컨 실외기 위에 다른 까치가 있었습니다. 두 마리의 까치는 서로 주둥이를 맞댄 채 꼬리를 까딱댔습니다. 그 모습이 서로 반기며 즐거워하는 것 같았습니다.

가만히 생각해 보니 까치가 거칠게 울었던 것은 비 맞는 친구에게 비 피할 곳을 알리기 위한 것 같았습니다.

한낱 미물인 까치들도 저토록 친구를 위하는구나, 생각하니 흐뭇한 마음이 들었습니다.

시끄럽다고 까치를 쫓아버렸다면 그 아름다운 광경을 보지 못했을 것입니다.

무릇 살아 있는 것은 그것이 무엇이든 다 소중한 존재이지요. 따뜻한 생명을 품고 있다는 것은 크나큰 축복이니까요.

나는 까치가 눈치 채지 않게 옆으로 비켜서서 얼마간 바라보다 자리에 앉아 다시 글을 쓰기 시작했습니다.

소중한 것을 손에 쥔 듯, 뿌듯한 마음에 글쓰기가 한층 더 즐거워졌습니다.

레이먼드 카버와
고든 리시

미국의 대표적인 단편 소설가 레이먼드 카버는 지독한 가난에 시달리면서도 소설을 썼습니다. 그가 주로 단편 소설을 썼던 것은 생활비를 벌어야 했기 때문이지요. 배우지 못했던 그가 할 수 있는 일이란 주로 도서관 아르바이트, 아버지가 일하는 제재소의 일이나 병원청소 등 막일이었기 때문에 힘들게 생활비를 벌다 보니 글 쓸 시간이 늘 부족할 수밖에 없었던 것입니다.

그랬던 그가 미국 문단사에 길이 남을 작가가 될 수 있었던 데에는 역량 있는 편집자 고든 리시가 있었기 때문입니다. 고든 리시는 카버의 소설을 읽고 그가 뛰어난 자질을 지녔다는 것을 단박에 알아챘습니다. 고든 리시는 책상 서랍에서 잠자고 있던 카버의 소설을 끄집어내게 하여 편집에 들어갔습니다.

그리고 마침내 카버의 첫 소설집《제발 조용히 좀 해요》를 출간하여 좋은 평가를 받으며 성공적인 결과를 낼 수 있었습니다.

곧이어 카버의 두 번째 소설집《사랑을 말할 때 우리가 이야기하는 것》을 출간하였습니다. 책이 출간되고 나자 독자들의 반응은 가히 폭발적이었습니다. 카버의 이름은 널리 알려지며 미국 문단에 확실하게 각인되었습니다. 파산을 두 번이나 할 만큼 궁핍했던 그의 삶에 따뜻한 인생의 빛이 감돌기 시작했습니다. 그의 인생이 완전히 뒤바뀐 것입니다.

고든 리시는 카버의 소설 중 어떤 소설은 약 80%를 개작하기도 하고, 또 어떤 소설은 절반 분량을 잘라내는가 하면, 내용과 이야기 흐름을 바꾸는 등 거침없이 손을 봤습니다. 소설을 쓴 당사자인 카버는 심적 갈등을 일으키며 상당히 불쾌해했다고 합니다.

그럼에도 불구하고 카버가 고든 리시의 의견을 따랐던 것은 편집자로서 탁월했던 그의 역량을 믿었기 때문입니다. 결국 고든 리시의 예측대로 성공적인 결과를 낳았지요.

그 후 카버는 대표작 《대성당》을 출간할 때는 원고 내용에 대해서는 전적으로 자신이 통제를 하였으며, 고든 리시는 표지와 외적인 것에만 관여하였습니다. 두 사람의 노력으로 《대성당》은 크게 성공을 거두며 카버의 존재를 미국 문단사에 확실하게 각인시켰습니다. 카버는 이름 앞에 미국 단편 소설과 리얼리즘의 대가란 칭호를 붙이며 작가로서의 위대한 족적을 남겼습니다.

고든 리시라는 탁월한 편집자가 있었기에 카버라는 위대한 작가의 탄생이 가능했습니다. 만일 카버에게 고든 리시가 없었다면 당시 실업수당을 타려다 알콜 중독으로 고발당한 카버의 인생은 그대로 처참하게 끝나고 말았을지도 모릅니다.

카버에게 있어 고든 리시는 암흑 같은 인생에 밝은 등불과 같은 사람이었지요. 카버 또한 소설가로서의 자존심을 버리고 고든 리쉬의 제의를 받아들일 줄 아는 아량을 갖춘 사람이었습니다. 만일 둘 중 어느 하나가 자신의 의견을 굽히지 않았다면 카버의 존재는 없었을지도 모릅니다. 고든 리시 또한 뛰어난 편집자로서의 명성을 날리지 못했을지도 모릅니다.

카버와 고든 리시는 작품에 대한 이견으로 문학적으로는 결별을 했지만 서로에게 있어 빛과 소금과 같은 존재였습니다.

고든 리시처럼 누군가의 인생에 빛과 소금과 같은 존재가 된다는 것은 자신에게도 상대에게도 위대한 축복과도 같은 일입니다. 이런 인생이야말로 최고의 가치를 지닌 인생이니까요.

머리 손질을 하며 느끼는
생각 한 스푼

매일 아침 하는 일 중 하나가 세수를 하고 머리를 손질하는 일입니다.

머리 손질이 잘돼 원하는 헤어스타일이 연출되면 기분이 좋습니다. 하지만 머리 손질이 원하는 대로 안 되면 기분이 언짢아지곤 하지요. 몇 번을 다시 해 봐도 한 번 잘못된 헤어스타일은 머리를 다시 감기 전에는 제 모양이 나지 않습니다. 머리카락은 일단 마르면 처음 만들어진 형태를 유지하는 까닭이지요. 이럴 땐 젤이나 스프레이, 왁스 등도 제 역할을 다하지 못하지요.

머리를 손질하며 '처음'이란 순간이 참 중요하다는 생각을 하곤 하는데, 무엇이든 처음 시작이 좋으면 대개 결과도 좋습니다.

반면에 처음이 잘못되면 그만큼 좋은 결과를 얻기가 힘듭니다.

처음을 잘 시작한다는 것은 그만큼 공이 들어가야 한다는 것입니다. 정성이 들어가야 원하는 것을 얻는 데 큰 힘이 되어 주니까요.

머리 손질이 잘될 땐 정성을 들였을 때지만, 머리 손질이 안 될 땐 바쁘게 서두르거나 나도 모르게 대충할 때입니다. 머리 손질도 정성이 들어가야 원하는 스타일을 연출할 수 있는 것처럼 자신이 하는 일에 좋은 결과를 얻기 위해서는 정성에 정성을 들여야 합니다.

그렇습니다. 정성은 결코 사람을 배반하지 않습니다. 정성을 들인 만큼의 결과를 내는 것이 '정성의 법칙'이니까요.

'너나 잘하세요'라는
말의 의미가 절실한 시절

영화 〈친절한 금자씨〉에서 배우 이영애가 한 "너나 잘하세요."라는 대사는 한때 우리 사회에서 유행이 될 만큼 회자되었습니다. 남의 일에 간섭하지 말라는 다소 냉소적인 의미가 담긴 말이지요.

어디를 가든지 자신과 상관없는 일에 나서기 잘하는 사람들이 있지요. 사사건건 간섭을 한다거나, 심지어는 없는 말까지 만들어 내서 상대의 입장을 난처하게 하곤 하지요.

요즘 우리 사회는 심각할 만큼 남의 일에 개입하는 사람들이 많습니다. 소셜 네트워크 서비스SNS의 발달에 따른 사회적 현상이지요. 페이스북, 인스타그램, 유튜브 등의 매개체를 이용해 언제 어디서든지 쉽게 자신의 생각을 나타낼 수 있습니다.

민주주의 사회에서 자기 의사 표현이라는 점에서 볼 땐 마땅한 일이나, 그렇다 하더라도 무분별한 자기 의사 표현은 문제가 될 수밖에 없습니다. 예의를 갖춰 자신의 생각을 논리적으로 전하는 것은 문제가 없겠으나, 상대방의 인격을 침해하는 막말이나 욕설 등의 표현을 아무렇지도 않게 하는 것은 상대에 대한 언어폭력이자 인격을 테러하는 일이지요.

앞에서 잠시 언급했듯 없는 사실을 있는 것처럼 꾸미는 것은 상대에 대한 명예훼손죄에 해당하는 일로 이것은 인격을 공개적으로 유린하는 죄입니다.

그런데 가장 기본적인 상식조차 지키지 않는 사람들로 인해 요즘 우리 사회가 연일 어수선한 분위기인 것을 보면 큰 문제가 아닐 수 없습니다. 평범한 일반인들은 물론 누구보다도 법을 잘 지켜야 할 정치인들을 비롯해, 소위 지성인이라고 칭송을 받는 사람들까지, 다양한 사회계층에서 때와 장소를 가리지 않고 불필요한 말들을 남발하니 이 또한 반드시 청산되어야 할 사회적 문제가 아닐 수 없습니다.

사실 이런 사람들 중엔 자신의 일조차 제대로 못하는 사람들이 많습니다. 자신의 일을 잘하는 사람들은 함부로 남의 일에 나서서 감 놔라 배 놔라, 간섭하지 않습니다. 그것이 얼마나 무모한 일인지를 잘 아는 까닭이지요.

또한 이런 부류의 사람들은 두 가지 심리를 가지고 있는데 첫째는 튀고 싶은 마음입니다. 남에게 자신을 드러냄으로써 만족해하는 이상 심리로 그것이 상식에 어긋나는 일일지라도 마다하지 않습니다. 둘째는 천성적으로 남의 일에 관심이 많은 경우입니다. 이 경우는 거의 습관적으로 간섭하게 되는 것으로 고치기 힘들다고 합니다.

하지만 사람이 해서 안 되는 일은 없습니다. 고치고자 마음먹는다면 얼마든지 고칠 수 있습니다. 의지의 문제일 뿐이지요.

"너나 잘하세요."라는 말은 바로 자신의 일도 제대로 하지 못하면서 남의 일에 간섭하기 좋아하는 사람에게 쓰는 말이지요.

말을 할 땐 때와 장소를 가려야 함은 물론 해도 될 말인가를 분명히 가려 말해야 합니다. 그것이 말하는 사람이 갖춰야 할 기본적인 자세니까요.

불필요한 말은 말이 아니라 언어의 쓰레기입니다. 아무짝에도 쓸모없는 언어의 쓰레기를 남발하지 않는 사회가 될 때 보다 더 밝고 건강한 사회가 될 것입니다.

멈춤,
그 아름다운 미덕

차를 타고 가다 보면 '멈춤stop'이라는 교통 안내 표지판을 종종 보곤 합니다. 이 표지판이 있다는 것은 위험한 지역이거나 조심해서 운전해야 할 구간이라는 뜻합니다.

대부분의 사람들은 이 교통 안내 표지판을 잘 따르나 일부의 사람들은 교통 안내 표지판이 있거나 말거나 쌩하고 달립니다. 그러다 보니 멈춤을 모르는 사람들은 사고를 일으키기 십상입니다.

교통 안내 표지판에서뿐만 아니라 '멈춤'이란 낱말 자체에는 '절제'를 비롯해 여러 의미가 내포되어 있습니다. 멈춤이 의미하는 것을 다양한 관점에서 적용해 본다면 먼저 지나친 음주를 멈출 줄 알아야 합니다. 멈출 때 멈추지 못하고 무분별하게 마시니까 알코올 중독이 되고, 그로 인해 건강을 해치는 것이지요. 흡연 또한 예외는 아니지요. 지나친 흡연은 자신의 건강을 해침은 물론 주변 사람들에게 불쾌감을 줍니다.

또한 도박과 같은 사행성 오락을 경계해야 합니다. 처음에는 재미로 시작하지만 멈추지 못하고 계속하다 보면 집을 날리고 직장에서 쫓겨나고 이혼을 당하는 등 그야말로 패가망신하고 맙니다.

그리고 지나친 탐욕을 경계해야 합니다. 탐욕은 달콤한 욕망과도 같아 한 번 빠지면 헤어나기가 힘들지요. 그렇기 때문에 탐욕에 빠지지 않게 그 자리에서 멈춰야 합니다.

이밖에도 우리가 살아가면서 '멈춤'을 따라야 할 때는 많습니다. 한 가지 분명한 사실은 멈춰야 할 때 멈추면 문제가 생기지 않지만, 멈추지 않을 땐 걷잡을 수 없는 문제에 빠지게 된다는 것입니다.

과유불급過猶不及이라고 했습니다. 멈춤을 모르고 지나치다 보면 아니함만 못한 것이 인생의 법칙입니다. 지극히 소박하고 평범한 '멈춤'이란 말은 그 어떤 말보다도 힘이 셉니다.

모든 일에 있어 멈춰야 할 때 멈출 줄 아는 것은 인생을 지혜롭게 살아가게 하는 삶의 지혜이자 미덕입니다.

참지 말고
그냥 울어요

죽은 만큼 힘들어
울고 싶을 땐
참지 말고 그냥 울어요.

소리 내어 펑펑 울어도 좋고,
흐느끼듯 울어도 좋고,
이불을 뒤집어쓰고 울어도 좋고,
가슴이 시키는 대로 그냥 울어요.

우는 것도
답답한 마음을 씻어내는 방법으로는
매우 효과적이지요.

그러니까 힘들고 답답할 땐
억지로 참지 말고
답답한 마음이 시원해질 때까지
그냥, 그냥 울어요.

기분을 좋게 하는
사람들의 특성

    주변 사람들을 기분 좋게 하는 사람이 있는가 하면 불쾌하게 하는 사람들이 있습니다. 기분을 좋게 한다는 것은 자신에게도 주변 사람들에게도 매우 즐거운 일이지만, 불쾌하게 한다는 것은 짜증 나게 하는 일이자 비생산적인 일이지요.

    기분 좋게 하는 사람들에겐 몇 가지 특성이 있습니다. 첫째는 매사에 긍정적이고 적극적인 마인드를 지녔다는 것이지요. 긍정적이고 적극적인 마인드에는 에너지가 넘치는데, 이는 마치 활짝 핀 꽃과 같아 주변 사람들을 생동감 있게 하고 활력을 불어넣어 줍니다. 둘째는 친절하고 예의가 바르다는 것입니다. 친절한 말과 행동은 사람들에게 경계심을 풀게 하고 그와 함께 해도 좋겠다는 생각을 갖게 하지요. 그래서 친절한 사람에겐 거부감이 없고, 그 사람을 보는 것만으로도 입가에 미소가 돋습니다. 셋째는 유머 감각이 뛰어나다는 것입니다. 유머는 사람들과의 관계에서 쉽게 다가가게 하는 힘이 있어, 처음 본 사람의 마음도 열리게 하는 소통의 열쇠이지요.

넷째는 사람을 편하게 해 준다는 겁니다. 사람을 편하게 한다는 것은 상대에 대한 배려심이 있어야 할 수 있는 행동이지요. 그런 사람은 상대가 싫어하거나 불편해하는 일은 절대 하지 않습니다.

이렇듯 기분 좋게 하는 사람들에게는 네 가지 특성이 있는데, 이는 인간관계에서 반드시 갖춰야 할 바람직한 일입니다. 이것이 부족하기 때문에 사람들을 불쾌하게 하고, 자신으로부터 멀어지게 하는 것이지요.

당신은 사람들을 기분 좋게 하는 스타일입니까, 불쾌하게 하는 스타일입니까. 기분 좋게 하는 스타일이라면 당신은 인간관계가 좋은 사람이지요. 그러나 불쾌하게 하는 스타일이라면 인간관계에 문제가 많을 것입니다.

사람을 기분 좋게 한다는 것, 그것은 자신의 인생을 플러스 인생이 되게 하는 생산적이고 창의적인 일이랍니다.

작가의 품격

　나는 그 어떤 직업보다도 작가가 된 것에 긍지와 자부심을 느낍니다. 작가란 깊은 사색과 폭넓은 경험을 통해 깨달은 성찰을 삶과 연관 지어 글로 풀어냄으로써 사람들에게 꿈과 용기를 주고, 삶의 길을 제시하는 '인생의 빛'이 되어 주어야 한다는 생각에서지요.

　작가란 단순히 글만 잘 써서는 안 된다는 게 내 생각입니다. 작가관이 투철하고 삶과 세상 이치에 대해 자신만의 철학과 사상이 분명해야 합니다. 그렇게 될 때 깊이 있게 성찰함으로써 생명력 넘치는 글을 쓸 수 있기 때문이지요. 작가가 때론 철학자가 되고 사상가가 되어야 하는 이유가 여기에 있습니다.

　나는 작가가 되면서 '작가의 품격'을 지켜 좋은 작가가 되어야겠다고 내 자신과 약속했고 이를 실천하기 위해 노력해 왔습니다.

　내가 정의하는 작가의 품격이란 첫째, 작가로서 품위를 지니고 그 어떤 상황에서도 긍지와 자부심을 가지며 둘째, 부를 쌓고 이름을 높이는 데 연연하지 않으며 셋째, 자신이 쓰는 글에 대한 철학과 사상이 분명하고, 그 어떤 시류에도 물들지 않아야 하며, 자신이 지향하는 작가관을 잃어서는 안 된다는 것입니다.

나는 이 세 가지를 원칙으로 삼아 40년 가까이 철저히 지키며 글을 써 오고 있습니다.

내가 이를 철저하게 지킨 데에는 그만한 이유가 있습니다.

작가가 되고 독자들에게 사랑받는 책을 여러 권 내다 보니 나를 눈여겨본 메이저급 한 출판사에서 만나자는 연락을 해 왔습니다. 메이저 출판사에서 책을 내면 인지도가 높아질 뿐만 아니라 언론 매체 등을 통한 대대적인 홍보는 물론 대형 서점의 좋은 자리에 책을 진열하는 것도 유리해 나는 흔쾌히 약속을 했습니다.

출판사 편집장과 첫 만남은 매우 유쾌했습니다. 많은 이야기를 나눈 뒤 출판사가 원하는 방향에 협조하되 지나친 요구는 자제하는 것으로 합의를 했습니다.

나는 즐거운 마음으로 원주로 왔습니다.

그러던 어느 날 편집장으로부터 다시 연락을 받고 서울로 갔습니다. 편집장은 내 원고에 대해 긍정적으로 말하고 나선 몇 가지 수정을 요구해 그대로 수정하겠다고 말했습니다. 그렇게 서울을 다녀온 지 일주일도 안 돼 또다시 편집장으로부터 만나자는 연락이 왔습니다. 나는 이유를 물었지만 만나서 이야기하자고 해 또 서울로 갔습니다. 기차를 타고 가면서도 이번에는 기분이 몹시 불쾌했습니다. 큰 출판사의 갑질처럼 여겨졌기 때문이지요. 나는 편집장을 만나 보고 여의치 않으면 계약을 무효화하기로 결심했습니다.

편집장은 또다시 원고 수정 및 일정 부분에 대해 새로운 원고를 써 줄 것을 요구했습니다.

"그럴 수 없습니다."

나는 한 마디로 딱 잘라 거절했습니다. 한두 번은 그렇다 치더라도 더는 아니라는 생각이 들었기 때문입니다. 더 이상 작가로서의 자존심에 먹칠을 해서는 안 되겠다는 생각에서지요. 그리고 이렇게 요구를 들어주다 보면 한도 끝도 없이 불려 다녀야 할 것 같다는 생각이 들었던 것입니다.

편집장은 내 거절에 의아한 표정을 짓더니 이유가 무엇인지 물었습니다. 앞으로도 계속 이럴 텐데 더 이상은 용납할 수 없다고 말하자 다른 작가들도 다 그런다며 당연하다는 듯이 말했습니다. 그러고 나서 그는 이렇게 말했습니다.

"다른 작가들은 우리 출판사에서 책을 내는 게 평생소원인데 작가님은 우리 출판사를 너무 모르시는 것 같습니다."

"편집장님, 다른 작가들은 그럴지 몰라도 나는 작가의 자존심까지 구겨가며 이 출판사에서 굳이 책을 낼 마음이 없습니다. 나는 내가 정한 작가로서의 신념이 있습니다. 그 신념을 지키고자 합니다. 작가들 중엔 나 같은 작가도 있다는 것을 알아두셨으면 합니다. 계약은 없던 걸로 하겠습니다."

나는 이렇게 말하고는 자리에서 일어났습니다. 편집장은 놀란 표정으로 다시 한 번 잘 생각해 보라고 말했지만, 나는 인연이 아닌 것 같다는 말을 남기고 원주로 왔습니다.

메이저 출판사라고 해서 작가를 자신들의 맘대로 하겠다는 편집장의 행태가 몹시도 괘씸하면서 속이 후련했습니다.

내가 메이저 출판사와의 계약을 파기한 데는 그들이 작가를 맘대로 휘두르려는 것 외에도, 일이 잘돼 또 책을 낸다고 해도 그들의 꼭두각시처럼 굴어야 할 것 같았기 때문입니다. 또한 무엇보다도 내가 내고 싶은 책을 맘대로 낼 수 없다는 이유에서입니다.

이 사실을 알고 어떤 작가는 그래도 메이저 출판사인데 못 이기는 척 내지 그랬느냐고 말했고, 또 다른 작가는 "역시 김 작가답습니다." 하고 말했습니다.

그 일이 있은 후 나는 메이저 출판사에 대한 환상을 버렸습니다. 물론 메이저 출판사라고 해서 다들 그러진 않겠지요.

나는 내가 정한 세 가지 원칙을 지킨 끝에 지금까지 160권이 넘는 다양한 분야의 책을 냈습니다.

만일 내가 메이저 출판사 편집장의 말대로 했다면 어땠을까요. 일이 잘 풀려 유명 작가가 되고 돈도 많이 벌었을지도 모릅니다. 하지만 내가 내고 싶은 다양한 책을 내지 못했을 겁니다.

나는 많은 책을 낸 것에 비해 돈을 벌지는 못했습니다. 하지만 사랑하는 나의 두 아이가 하고 싶은 피아노 공부와 뮤지컬 공부를 하게 할 수 있었던 것만으로도 감사합니다.

지금도 나는 여전히 가난한 작가입니다. 그러나 나는 나를 믿어 주는 출판사와 오랫동안 친분을 쌓아 오고 있으며, 내가 지향하는 작가로서의 품격을 나름대로 지켜온 데에 대해 뿌듯하게 생각합니다.

그리고 내 책을 읽고 좋은 글을 써 주어서 감사하다는 메일을 보내오는 독자들이 있어 참 행복합니다.

마침 이 글을 쓰는 중에 20대 남성 독자로부터 감사 메일을 받았습니다. 힘든 일로 고민하고 방황하던 중 내가 쓴《20대, 고민 없는 청춘은 어디에도 없다》를 읽고 많은 위로를 받고 용기를 얻었다며 지금부터 더 열심히 자신을 사랑하고, 하고 있는 일에 집중하겠다고 했습니다. 그리고는 좋은 책을 써 주어서 감사하다고 했습니다. 나는 그에게 내 책을 읽어 주어서 고맙다는 말과 함께 열심히 응원하겠다는 답장을 보내 주었습니다.

감사 메일을 받을 때마다 작가로서의 긍지와 행복을 느낍니다. 나는 작가로 살아가는 동안 작가의 품격을 결코 잃지 않을 겁니다. 이는 작가로서의 내 작가관이자 신념이니까요.

저들은 비 오는 밤을
어디서 보낼까

어느 비 오는 날, 볼일을 마치고 오다 보니 참새들이 떼지어 텃밭을 들락날락거리며 분주히 움직이고 있었습니다.

"얘들아, 어서 나무숲으로 들어가렴. 그러다 감기 걸릴라."

나는 아이들에게 하듯 참새들을 향해 말했습니다. 물론 참새들이 내 말을 알아들을 순 없지만, 혼자 걱정이 돼서 그렇게 말했던 것입니다. 그래 놓고 가만히 생각하니 웃음이 났습니다. 만일 누군가가 내 말을 들었다면 어린아이 같은 내 말에 피식하며 웃었을 것입니다.

하지만 나는 아무래도 좋았습니다. 나는 그 자리에 멈추어 서서 "얘들아, 빨리 나무숲으로 들어가거라." 하고 몇 번이나 말했습니다.

그런데 내 말을 알아듣기라도 한 듯 텃밭에서 놀던 참새들이 바로 옆에 있는 나무숲으로 날아갔습니다. 나는 그제야 마음이 놓였습니다. 집으로 돌아오는 발걸음이 한결 가벼웠습니다.

무릇 생명이 있는 것들은 그것이 무엇이든 다 가치가 있기 때문에 존재하는 것이지요. 만일 있어야 할 것이 소멸된다면 자연의 질

272

서가 무너지는 일이 될 테고, 그것은 곧 사람들에게도 영향을 끼칠 것입니다.

창조주께서 어느 것 하나 불필요한 것을 창조하지 않았을 거라는 게 내 생각입니다. 다 쓰임이 있기에 창조를 했고, 그러기에 다 소중한 생명들이지요.

남아프리카공화국의 사자 사파리 농원에서 사람들에게 돈을 받고 사자를 사냥하게 한다는 뉴스를 접하고 무척 분개한 적이 있습니다. 자신의 욕망을 위해 돈을 주고 사자를 사냥하는 사람들은 정신상태가 잘못된 사람임에 분명합니다.

또한 돈을 받고 사냥을 하게 하는 사자 사파리 농원 사람들 역시 제정신이 아닌 것이 분명합니다. 자기들이 무슨 권리로 소중한 생명들을 무참히 살상하도록 허락한다는 것인지요. 분명 그들은 무고한 생명을 유린한 죗값을 반드시 치르게 될 것입니다.

한밤중에 글을 쓰다 차를 마시며 밖을 보니 아직도 비가 내리고 있었습니다. 불현듯 낮에 봤던 참새들이 생각났습니다.

비 오는 밤에 참새들은 어디서 밤을 보낼까, 생각하니 사람으로 태어난 것이 얼마나 축복받은 일인지를 다시금 가슴 깊이 감사하였습니다.

점점 빗소리가 크게 들렸습니다. 나는 참새들이 걱정되었지만, 그들 또한 자기들만의 방식으로 비를 피하고 이 밤을 잘 보내리라 생각하니 다소 불편했던 마음이 누그러졌습니다.

나는 베란다 문을 닫고 방으로 들어와 쓰던 글에 집중하였습니다. 역시 살아 있다는 것은 그것만으로도 참 감사한 일이 아닐 수 없습니다.

그날 밤, 그 순간만큼은 모든 것이 다 감사했습니다.

길을 잘못
든다는 것은

환기를 시키느라 베란다 창문과 현관문을 열어 놓았습니다. 바깥 공기는 피부에 닿는 느낌이 방 안 공기와 달랐습니다. 방 안 공기는 칙칙하고 무거운 느낌이었지만, 바깥 공기는 산뜻하고 가벼운 느낌이 들었지요. 그날은 미세먼지도 없어 그 느낌이 더 산뜻했습니다.

환기를 시키고 문을 닫고 나서 10분쯤 지났을 때였습니다. 갑자기 '윙!' 하는 소리에 소리 나는 곳을 보니, 커다란 말벌 한 마리가 힘차게 날아다녔습니다. 나는 재빨리 신문지를 돌돌 말아 말벌을 향해 휘둘러댔지만, 말벌은 요리조리 잘도 피했습니다. 말벌도 잡히지 않으려고 필사적으로 도망치는 것 같았습니다. 포기하고 문을 열어 말벌이 나가기를 기다렸습니다. 그리고 한참 시간이 지나고 나서야 문을 닫았습니다. 문을 닫고 난 후 더 이상 말벌이 보이지 않아 나간 줄로만 알았습니다.

그런데 며칠 후 청소를 하다 책장 오른쪽 모서리에서 죽은 말벌을 발견하였습니다. 크기가 거의 4센티미터는 되는 것 같았습니다.

죽은 말벌을 보니 마음이 짠했습니다. 무릇 생명이 있는 것은 그것이 무엇이든 다 필요해서 존재하는 까닭에 그렇게 죽는다는 것이 너무도 안타까웠기 때문이지요.

말벌이 죽은 것은 길을 잘못 들었기 때문입니다. 방으로 들어오지 않았더라면 말벌은 죽지 않았을 겁니다. 말벌은 길을 잘못 든 대가를 죽음으로 치른 것이지요.

길을 잘못 든다는 것은 '정도'를 벗어났다는 것을 의미합니다. 가야 할 길로 가지 않고, 가지 말아야 할 길을 간다거나 곁길로 갔음을 뜻하지요.

사람들 중엔 가야 할 길을 가지 않고, 가지 말아야 할 길로 잘못 가는 사람들이 있습니다. 청탁 뇌물을 받는다거나, 카지노에 가서 돈을 탕진하거나, 어울리지 말아야 할 사람들과 어울린다거나, 탐욕에 사로잡혀 탐욕의 노예가 됨으로써 하나뿐인 인생을 망치곤 하지요.

길을 잘못 든다는 것은 스스로를 함정에 빠지게 하는 일입니다. 길을 잘못 들지 않으려면 '정도'를 벗어나지 않도록 늘 몸과 마음을 가다듬고 살피는 일을 게을리해서는 안 됩니다. 길을 잘못 드는 것은 순간적으로 이루어지기 때문이니까요.

길을 잘 간다는 것, 그것은 스스로가 선택해야 할 문제입니다.

좌우를 살펴 길을 가듯, 때때로 자신이 가는 길이 바른길인지 그른 길인지를 잘 살피는 것이야말로 잘못된 길로 들지 않는 최선의 방법이랍니다.

작고
사소한 것들에 대하여

나무가 푸른 잎을 무성히 달고 우뚝 서 있는 것만으로도 보기 참 좋습니다. 거기에 활짝 핀 꽃들이 가득하다면 더더욱 보기가 좋지요.

그처럼 멋진 나무 아래로 가면 이름을 알 수 없는 풀들이 나무 주변으로 가득 넘쳐나는 것을 종종 보게 됩니다. 나무뿌리를 감싸고 나무 주변을 온통 푸르게 함으로써 나무는 더 돋보이는 것이지요.

만일 나무 주변이 풀 한 포기 없는 메마른 땅이라고 생각해 보세요. 생각만으로도 황량하고 나무 또한 메마른 땅 위에 덩그마니 놓여 있어 푸름과 화사함이 빛을 잃게 될 것입니다.

사람들 사이에서도 마찬가지입니다. 뮤지컬에서 주인공이 아무리 뛰어난 열연을 펼친다 한들, 주인공을 받쳐 주는 조연이나 엑스트라가 없다면 그 뮤지컬은 뮤지컬로서의 가치를 잃게 될 것입니다. 조연이 있고 엑스트라가 있어야 주인공도 빛나고, 뮤지컬도 갈채를 받는 것이지요.

사소한 것들을 하찮게 여기면 자연은 자연으로서의 가치를 상실하게 되고, 인간의 삶 또한 그 가치를 잃게 되지요.

작고 사소하게 보이는 것들은 결코 작거나 사소한 것이 아닙니다. 다 제 몫을 해내는 훌륭한 조력자인 것입니다.

다음 시는 이러한 내 생각을 담은 〈사소한 것들에 대하여〉입니다.

눈 뜨면 매일 만나게 되는
푸른 나무와 꽃, 새들의 지저귐
맑은 공기와 투명한 햇살 그리고 사랑하는
가족의 해맑은 웃음과 사랑의 향기
늘 마주치는 이웃과 정다운 세상 이야기
이 모든 것들이 함께 하기에
우리의 삶은 기름지고 아름답다.

그러나 우리들이 가장 많이
저지르는 실수는
우리가 늘 만나고 부딪치는 일상의 것들에 대한,
정작 잊지 말아야 하는 것들을 잊고 사는 것이다.

흔한 것들은 늘 우리 주변 가까이에 있기에
언제까지나
우리와 함께 하리란 기대는

위험하고 슬픈 감정의 발상이다.

우리는 늘 깨어 있어야 한다.
깨어 있는 자만이 소중한 삶을 차지할 수 있다.
가벼이 생각하는 일상의 사소한 것들에 대해
경이로운 눈길과 따뜻한 손길을 펼쳐야 한다.
사소한 것들은
언제나 깊은 감동感動을 간직하고 있기에.

작고 사소한 것들을 아끼고 사랑해야 합니다.
작고 사소한 것들을 소중히 여길 때 우리는 더 나은 삶을 지향하게 되는 법이니까요.

09

버림으로써
채우다

♦♦♦

오랜만에
집안 구석구석을 대청소했습니다.

베란다를 말끔히 청소하고
공기청정기도 분해하여 말끔히 닦아내고
미처 정돈하지 못한 책들도
찾기 좋게 가지런히 정돈하였습니다.

그리고 분리수거한 재활용품은
재활용품 수거함에 넣고
쓰레기는 쓰레기 수거함에 갖다 버렸습니다.

불필요한 것들을 말끔히 정리하고 나자
몸과 마음이 새털처럼 가벼워짐을 느꼈습니다.

이와 마찬가지로
묵은 생각, 쓸데없는 생각은
말끔히 비워내야 합니다.

비워야 할 때 비우지 못하면
몸도 마음도 무거워져 삶이 맑지 않습니다.

그렇습니다.
비운다는 것은 버리는 것이 아니라
버림으로써 새로운 것을 채우는 것입니다.

삶

삶의 끝자락에
서 본 사람만이 안다.

삶이 그 얼마나
찬란한 고독인가를.

삶의 끝자리에서
울어 본 사람만이 안다.

삶은 그 자체만으로도
축복이라는 것을.

든든한 그늘이
되어 준다는 것

　책상을 정리하다 예술대학을 졸업하고 서울에서 뮤지컬 배우 초년생으로 활동하던 시절, 딸이 어버이날에 보냈던 편지를 다시 보게 되었습니다. 소중한 것을 손에 쥔 듯 마음이 뭉클하며 그때의 기억이 파노라마 되어 펼쳐졌습니다.

　가난한 시인인 아빠 때문에 다른 친구들처럼 풍족하게 학창 생활을 하지 못했던 딸을 생각할 때면 마음이 울컥하며 눈시울이 붉어지곤 합니다.

　비록 아빠는 가난한 시인이지만 딸은 언제나 밝고 즐겁게 생활했지요. 긍정적인 마인드로 자신을 컨트롤하며 학창 생활을 보람차게 했던 딸을 생각하면 그저 고맙고 예쁠 따름입니다.

　뮤지컬 배우 초년생 시절에 딸이 보내왔던 편지입니다.

아빠!
절 믿어 주시는 아빠를 뵈면 너무 감사하고 좋아요.

하늘 아래 아빠가 계시다는 것 정말 감사해요.

아빠, 서울 오실 때 건강해 보여 그것 또한 감사해요.

항상 든든한 그늘이 되어 주세요.

저도 결과로 보여 드리도록 최선을 다할게요.

사랑해요, 아빠!

편지를 읽는데 가슴 저 밑에서부터 울컥하며 뜨거운 눈물이 솟아났습니다. 짧은 편지였지만 딸의 진정성이 강하게 느껴졌기 때문이지요.

나는 편지와 함께 보내온 카네이션 향기를 맡으며 딸아이 볼을 쓰다듬듯 카네이션을 어루만졌습니다.

그날 하루, 나는 그 누구보다도 행복한 아빠였습니다.

인생을 살아가면서 자식이든 친구든 후배든 그 누군가에게 든든한 그늘이 되어 준다는 것은 참 행복한 일이지요. 그런 까닭에 가난한 아빠지만 그런 아빠를 보고 항상 든든한 그늘이 되어 달라던 딸의 마음이 그렇게 고마울 수가 없었습니다. 가난하고 못난 아빠를 믿어 주는 그 마음이 너무도 가상했기 때문이지요.

그로부터 10여 년이 흐른 지금, 딸은 뮤지컬 배우로 활발하게 활동하며 아이들을 가르치고 있습니다.

나도 든든한 그늘이 되어 주기 위해 시인으로, 작가로 최선을 다했습니다. 그렇지만 딸만 생각하면 항상 미안하고 마음이 아픕니다. 돈 잘 버는 아빠라면 맘껏 지원해 주고 싶은 마음이 간절한데 그 때나 지금이나 그러지 못하니 그때를 생각하면 더더욱 눈시울이 붉어집니다.

인생을 살아가면서 누군가의 그늘이 되어 준다는 것은 참으로 복되고 보람된 일이지요. 내 사랑과 정성을 아낌없이 바치는 아름다운 행위니까요.

누군가의 인생에 빛과 소금이 되고, 그늘이 된다는 것은 자신에게는 덧없는 축복과도 같은 일이기에 그렇게 살기 위해서 노력을 아끼지 말아야겠습니다.

절박하면
간절해진다

순탄하게 인생을 살아간다면 얼마나 좋을까요. 그것이야말로 축복 중에 축복이라고 할 수 있지요.

하지만 정도의 차이가 있을 뿐 누구나 한 번쯤은 고난이란 강물에 빠져 허덕일 때가 있습니다. 여기서 고난은 물질적인 고난일 수도 있고, 사업 실패에 따른 고난일 수도 있고, 인간관계에서 빚어진 고난일 수도 있고, 외적인 능력으로는 풀 수 없는 내면의 고통을 수반하는 고난일 수도 있고, 종교적 고난일 수도 있습니다. 여하튼 이러한 인생의 고난은 피해 간다고 피해지는 것도 아니고, 반드시 맞서 싸워야 하는 인생의 과제와 같은 것이지요. 그렇기 때문에 고난을 두려워해서는 안 됩니다. 고난이 고난으로 끝나는 경우도 있지만, 고난을 이겨내면 대개는 그에 따른 대가가 주어지기 때문이지요.

그렇다면 무엇이 고난을 극복하게 하는 에너지로 작용하는 것일까요. 바로 '절박함'에서 오는 '간절함'입니다. 고난에 처하게 되면 절박한 순간을 맞게 됩니다. 절박함은 죽을 만큼 힘들 때 우러나오는 처절한 내면의 외침이지요. 이러한 절박함을 이겨내는 힘은 바로 '간절함'에서 옵니다. 마음이 간절해지면 뜨거운 열망이 솟구쳐 나니까요. 그래서 간절히 기도하고 그에 따라 열정적으로 행동하면 좋은 결과를 맞게 되는 것이지요.

브라질 출신의 세계적인 작가 파울로 코엘료는 《연금술사》로 우리에게 매우 친숙한 작가입니다. 자아를 찾아가는 한 젊은이의 여정을 그린 이 소설은 어린 왕자의 순수성을 보는 듯한 착각에 빠져들게 하지요. 《연금술사》는 3천만 부나 팔린 세계적인 베스트셀러로 코엘료는 이 소설로 세계적인 유명 작가가 되었습니다.

이러한 코엘료의 삶은 기복이 매우 심했습니다. 꿈 많은 10대 시절에는 세 차례나 정신병원에 입원한 병력을 가지고 있고, 청년 시절에는 브라질 군사 독재에 항거하며 반정부활동을 펼치다 두 차례나 감옥에 갇혀 고문을 당했습니다.

그 후에는 히피문화에 빠져 록밴드를 결성해 120여 곡을 써서 브라질 록 음악에 막대한 영향을 끼쳤지요. 그리고 저널리스트, 배우, 희곡작가, 연극 연출가, 텔레비전 프로듀서 등 다양한 분야에서 일을 하며 자신의 영역을 넓혀 나갔습니다.

하지만 그러한 것들은 그의 삶에 위안이 되지 못했습니다. 코엘료는 무언가가 삶으로부터 자신을 구원해 주기를 바랐지요. 절박하리만큼 간절한 그 무언가를 찾아 1982년 그는 유럽 여행을 떠났습니다. 코엘료는 그 여행에서 신비로운 체험을 경험하였고 그것은 그를 새로운 길로 나아가게 하는 계기가 되었지요.

여행에서 돌아온 코엘료는 세계적인 음반회사 중역 자리를 미련 없이 버리고 산티아고 데 콤포스텔라로 순례를 떠났습니다. 순례길은 그에게 새로운 세계를 보여 주었지요. 천상의 세계에서나 있음 직한 마음의 세계였습니다. 생텍쥐페리가 아프리카 사막에 불시착한 후 명작《어린 왕자》를 썼듯이, 코엘료 또한 자신의 신비스러운 경험을 《순례자》라는 소설로 쓰며 작가의 길로 들어섰고, 이듬해 쓴《연금술사》는 그에게 막대한 돈과 명성을 얻게 했습니다. 코엘료는 브라질에 '코엘료 인스티튜트'라는 비영리단체를 설립해 빈민층 어린이와 노인들을 위한 자선사업을 벌이며 인생을 보람되게 살고 있습니다.

"무언가를 간절히 원할 때 온 우주가 소망이 실현되도록 도와준다."

코엘료가 한 말로 경험에서 체득한 생생한 말이 아닐 수 없습니다.

그렇습니다. 절박하게 되면 간절함이 생깁니다.

르네상스 시대 레오나르도 다 빈치와 쌍벽을 이룬 최고의 화가이자 조각가로 평가받는 미켈란젤로 또한 가난의 절박함을 이겨내고 최고가 되었으며, 프리드리히 헨델 또한 그의 인생에서 최악의 절박한 순간에 명곡〈메시아〉를 작곡하여 세계 음악사에 영원히 기록되었지요.

인생을 살아가면서 사방이 꽉 막힌 절박함에 사로잡혀 어쩔 줄 모를 땐 간절히 바라세요. 그 간절함이 '절박함의 우물'에서 당신을 건져 밝게 빛나는 곳으로 인도해 줄 것입니다.

가을이 나에게 준
선물

"선생님, 내일은 제가 하자는 대로 하시는 거예요!"

2018년 시월의 마지막 날, 제자가 전화를 걸어 대뜸 이렇게 말했습니다. 지난주에 단풍도 이제 마지막 때가 다 되었네, 라는 내 말을 귀담아 듣고 단풍이 지기 전에 가을 길에 나서자는 말이었습니다. 나는 못난 스승의 말을 놓치지 않고 실행에 옮기는 제자의 마음이 가상해 기쁜 마음으로 흔쾌히 대답하였습니다.

이튿날 날씨는 눈부실 만큼 맑았을 뿐 아니라, 여러 날 이어진 추운 날씨도 풀려 길을 나서기에는 그만이었지요.

제자가 운전하는 차를 타고 또 다른 제자와 함께 가는데 몸과 마음이 산뜻하고 가벼워 나들잇길이 매우 유쾌했습니다.

원주에서 출발해 횡성에 도착하여 전국적으로 유명한 한우해장국집에서 밥을 먹은 후, 제자는 횡성댐 건설로 조성된 횡성호수로 간다고 하였습니다. 예전에 TV 프로그램에서 소개하는 것을 보고 한번 가보고 싶다는 생각을 한 적이 있어 잘되었다 싶어 마음이 한층 더 산뜻해졌지요.

국도를 따라가는 길은 눈길이 머무는 곳마다 붉게 물들었고, 그저 바라보는 것만으로도 마음이 편안해졌습니다. 인위를 가하지 않은 자연을 보는 그 자체만으로도 충분히 힐링이 되었지요.

얼마 후 횡성호수 주차장에 도착했습니다. 편의시설은 별로 갖춰져 있지 않았지만, 식사와 커피는 해결할 수 있었습니다.

우리는 커피 마시는 시간을 줄이려 커피를 사들고 마시면서 걷기 시작했습니다. 호수를 끼고 도는 둘레길은 비포장이었지만 평평하게 잘 닦여져 있어 걷기 편했습니다. 호수를 끼고 도는 길가 중간 중간마다 갖가지 포즈를 한 사람, 기린, 개, 벤치 등이 통나무로 운치 있게 장식되어 있어 쉬기도 좋고, 사진 찍기에도 아주 그만이었습니다.

특히 빨간색으로 칠해진 호수 위의 쉼터와 통나무째로 지어진 정자는 호수와 조화를 이뤄 분위기를 한층 고조시켰지요. 나무 쉼터에서 바라보는 호수는 여름 숲의 짙은 녹음처럼 짙고 푸르러 마음을 편안하게 했습니다.

평일이었지만 호수를 찾은 사람들이 제법 눈에 띄는 것을 보니 사람들의 지친 몸과 마음을 정화하기에는 아주 적합한 곳이라는 것을 알 수 있었지요.

나는 글쓰기와 책 읽기 등으로 누적된 피로와 스트레스를 다 풀고 갈 요량으로 최대한 자연과 교감을 이루기 위해 무언의 대화를 나눴습니다. 자연도 나를 한껏 반겨 주었고, 나 또한 자연이 베푼 미적성찬美的盛饌에 즐거움과 감사로 화답하였지요. 나는 이곳의 정경을 두고두고 느끼기 위해 사진을 많이 찍었습니다.

제자들도 즐겁기는 나와 다름없었지요. 자연에서 만끽하는 높고 충만한 즐거움을 어디에서 누릴 수 있을까, 하는 심정이 느껴졌으니까요.

호수길 절반쯤부터는 길의 폭이 좁아지고 구절양장처럼 구불구불했을 뿐 아니라, 경사가 심하지는 않지만 제법 오르막과 내리막이 있어 지금까지와는 걷는 느낌이 사뭇 달랐습니다. 다리에 약간의 힘이 더 들어갔고, 자칫 미끄러질 수 있겠다 싶을 만큼 가파른 길도 곳곳에 있어 걷는 스릴을 한층 느낄 수 있었지요. 게다가 길가 산비탈 아래로는 작은 화단처럼 꾸며진 곳에 나무를 깎아 만든 갖가지 곤충과 꽃의 장식이 앙증스러웠습니다. 눈이 즐거우니 마음 또한 더욱 즐거웠지요.

호수 둘레길은 6개 구간으로 나눠져 있는데 우리가 걸었던 구간은 4.5킬로미터로 빨리 걸으면 1시간 20분 정도 걸리고, 천천히 산책하듯 걸으면 2시간 정도 소요되었지요. 우리는 사진도 찍고 잠시 쉬기도 하다 보니 2시간 30분이 걸렸습니다. 무리하지 않고 걷기에는 그만이었습니다.

걷기를 끝낸 우리는 정자에 앉아 귤차를 마시며 이야기를 나눴지요.

인위를 가하지 않은 자연은 어머니의 품을 닮았습니다. 그래서 자연의 품에 안기면 그렇게 마음이 편할 수가 없지요. 때 묻지 않은 자연은 돈으로도 살 수 없는 천하의 보물입니다. 이 보물을 잘 보존하고 가꾸는 것이 곧 우리를 행복하게 하는 일이지요.

횡성호수와 둘레길은 그 어느 곳보다 가을을 만끽하기에 좋은 곳입니다. 그동안 가을이면 풍기, 안동, 치악산, 봉평 등 여러 곳을 다녀왔지만 이번 횡성호수와 둘레길은 한층 마음을 흡족하게 해 주었습니다. 이 글을 쓰는 동안에도 횡성호수와 둘레길이 파노라마 되어 펼쳐졌습니다.

그날 하루는 가을이 나에게 준 고귀한 선물이었으며, 못난 스승을 위한 제자들의 갸륵한 정성이 함께 했기에 더더욱 천복天福과도 같은 뜻 깊은 하루였습니다.

사랑,
그 위대한 헌신

　자신을 헌신하지 않으면 할 수 없는 것이 '사랑'입니다. 부부 간에도, 부모 자식 간에도, 연인 간에도, 타인을 위해 봉사하는 일에도 헌신하는 마음이 있어야만 기쁨으로 할 수 있으니까요. 그래서 헌신적인 사랑은 감동을 주고 행복을 줍니다.

　하지만 헌신 없는 사랑에는 감동이 없습니다. 마지못해 하거나 보여 주기 위해 하는 감동 없는 사랑은 진정한 사랑이 아닙니다. 그러다 보니 문제를 일으키고 눈살을 찌푸리게 하지요.

　깊은 울림을 주는 진정한 사랑은 그 어떤 그림보다도 아름답고 우리를 감동의 세계로 이끕니다.

　신장을 기증해 아내를 죽음의 문턱에서 벗어나 새로운 삶을 살게 한 남편의 이야기나, 간을 기증해 아버지를 죽음의 고통으로부터 벗어나게 한 아들의 이야기는 감동 그 자체입니다.

　또한 자신과 아무런 상관이 없는 사람을 위해 물질을 후원하고 시간을 쪼개 봉사하는 사람들과, 어려움에 처한 사람을 위해 몸을 사리지 않은 희생적인 사람들의 이야기는 우리를 행복하게 합니다. 이처럼 헌신적 사랑을 실천하는 사람들로 인해 아직은 우리 사회가 희망적이라고 할 수 있지요.

프랑스 시인 쟈크 프레베르는 사랑의 가치에 대해 이렇게 말했습니다.

"사랑은 봄에 피는 꽃과 같다. 온갖 것에 희망을 품게 하고 싱그러운 향내를 풍기게 한다. 그렇기 때문에 사랑은 향기조차 없는 메마른 폐허나 오막살이집일지라도 희망을 품게 하고 싱그러운 향기를 풍기게 하는 것이다."

참으로 적확한 표현이 아닐 수 없습니다.

그렇습니다. 사랑이 있다면 그곳이 어디든, 어떤 상황에 처했든 충분히 아름답고 희망적인 결과를 이끌어 낼 수 있습니다. 사랑은 불가능도 가능하게 하는 무소불위의 힘을 지녔으니까요.

사랑은 위대한 헌신이며, 위대한 헌신은 곧 사랑입니다. 위대한 사랑의 헌신이 있는 한 우리의 삶은 높고 충만할 것입니다.

기도의 힘

어머니가 하늘나라로 떠나신 지 5년이 되었습니다. 어머니가 떠나신 후 때때로 가슴이 미어지도록 어머니가 절절히 그리울 때가 있습니다. 그럴 땐 가슴이 먹먹하고 마치 무언가가 가슴을 마구 짓누르는 듯 아파 옵니다. 한동안 책 읽는 것도, 글 쓰는 것도 할 수 없고, 그 어떤 것도 손에 잡히지 않았습니다. 그저 그리움이 녹아내릴 때까지 생각에 잠길 뿐이었습니다.

그렇게 생각에 빠져 있다 보면 나도 모르는 사이 가슴에 맺힌 그리움이 사라지고 본래의 나로 되돌아옵니다. 마치 시공을 초월하여 잠시 여행을 다녀온 듯한 느낌입니다.

요즘 들어 내가 지금껏 무탈하게 잘 지내온 것은 모두가 어머니가 드린 기도의 힘이라는 걸 뼈저리게 느낍니다.

어머니는 독실한 크리스천이셨습니다. 어머니가 평생 하나님을 의지하며 사셨던 것은 한 여자로서 너무나 힘들고 외롭게 사셨기 때문입니다.

어머니는 원주에서도 이름난 부잣집 무남독녀로 곱게 자라셨습니다. 외할아버지와 외할머니의 애지중지한 보살핌 속에 하인이 업고 학교에 등교하고, 하교할 때도 하인이 시간에 맞춰 기다렸다가 업고 집으로 왔다고 합니다. 어렸을 때 주변 사람들로부터 무수히 들어 잘 알고 있는 이야기지만, 어린 시절에도 어머니가 참 귀하게 자란 분이라는 사실에 어머니가 더욱 존경스러웠습니다.

또한 어머니는 공부도, 노래도, 서예도, 그림도 아주 잘하셨습니다. 여학교를 마치고 아버지를 만나 결혼을 한 어머니는 아버지가 정치를 하는 바람에 많은 시련을 겪으셨습니다. 온갖 정치적 탄압에 시달려야 했고, 많던 재산도 다 탕진하고 말았습니다.

독재자가 다스리는 나라에서 녹을 받지 않겠다는 결심으로 평생을 은둔하고 책만 보고 사셨던 아버지로 인해 어머니의 고생은 이루 말할 수 없었습니다. 귀하게만 자랐던 어머니는 자식들과 살기 위해 힘든 일을 하시면서도 자식에게 욕 한 마디 안 하셨던 분이셨습니다. 천생 아씨 마님이셨던 어머니는 그렇지 않아도 외로우셨는데 아버지가 돌아가시고 나자 더욱 외롭게 사셨습니다.

그렇게 사시던 어머니는 하나님을 의지하게 되셨고, 기도 생활을 하면서 힘듦과 외로움을 이겨 내셨습니다.

어머니의 절대적 신앙심은 자식을 향한 사랑으로 이어졌고, 돌아가실 때까지 하루도 빠짐없이 자식을 위해서 기도하셨습니다. 이것을 잘 알면서도 자식을 위한 어머니들의 보편적인 사랑이라고만 생각했지, 절대적인 사랑이라고는 생각하지 않았습니다.

서두에서도 말했지만 요즘 들어 어머니의 절대적인 사랑은 기도의 힘에 있었다는 걸 알고는 어머니의 기도의 힘이 얼마나 크고 위대한지를 깊이 깨닫습니다. 그러자 어머니가 더욱 그리워집니다.

자식으로서 어머니에게 변변한 효도도 못했던 것이 얼마나 죄송하고 후회가 되는지 모릅니다. 늘 어머니의 마음에 무게만 지우게 했던 못난 내 자신이 참 부끄럽고 밉습니다.

자식들은 누구나 이기적이지요. 자신이 잘나서 잘된 줄 압니다. 그러나 그것은 오만일 뿐입니다. 자식들의 모든 행복은 어머니의 사랑의 힘, 기도의 힘에 있는 것입니다.

나는 어머니께 속죄하는 마음으로 〈기도의 힘〉이란 시를 썼습니다. 이 시를 하늘에 계신 어머니께 바칩니다.

어머니 그 나라로 떠나신 후
지금껏 내가 있을 수 있었던 것은
어머니 기도의 힘이라는 걸 알았다.

어머니 그 나라로 가신 후
몸에서 커다란 기운이 빠져 나가 텅 빈 듯
몸 한쪽이 삐걱이며 기우뚱거린다.

갑자기 두려움이 엄습하고
아득해지는 이 무력함은 무엇인가.

나는 안다.

그것은 어머니 기도의 힘이 다해

이제 나는 어머니 기도의 힘을

스스로 몸에 익혀 나가야 한다는 것을.

기도는 어머니의 또 다른 이름인 것이다.

앵무새는
울지 않는다

물품을 사기 위해 마트에 갔습니다.

화장품 코너 판매원이 소리 높여
화장품을 홍보하고 있었지만 사람들은 관심 없이
판매원의 목소리를 흘려들으며 지나갔습니다.

하지만 판매원의 목소리는
조금도 작아지지 않았고 계속 홍보에 열중했습니다.

얼마 후 물품을 사서 나오는데도
여전히 판매원은
앵무새가 되어 목이 쉬도록 외쳐대고 있었습니다.

나는 보았습니다.

앵무새는 포기하지 않고 울지 않는다는 것을.

집으로 돌아오는 내내
판매원의 목쉰 소리는 내 귓가에 매달려
앵무새가 되어 지저귀었습니다.

내
마음의 꽃

내 마음 가득히
꽃이 활짝 피었습니다.
마음이 즐거울 때나 감사할 때
그대가 생각날 때마다
가만히 마음을 열면
감미로운 그대의 향기가 전해져 옵니다.

그대는 영원한
내 마음의 꽃입니다.

꽃이 아름다운 건
향기가 있기 때문이듯
그대가 내 마음을 사로잡은 것은
자신보다 더 나를 사랑하기 때문입니다.

내 마음 가득히
꽃이 활짝 피었습니다.
그 이름도 아름다운 그대라는 꽃.

그 꽃이 있기에
나는 비가 올 때나
함박눈 같은 슬픔이 몰아쳐도
삶을 사랑할 수 있었습니다.
그대는 불멸의 사랑의 꽃입니다.

바람
부는 날

바람이 분다.

문득,
네가 생각난다.

바람처럼 다가왔다 바람처럼 떠나간
너.

바람이 분다.

바람을 무척이나 좋아했던
너.

너를 보듯 바람을 본다.

보름달

밝다.

늘,
밝게 웃음 짓던 너처럼.

좋다.

그냥,
함께 하는 것만으로도

무작정 좋았던 너처럼.

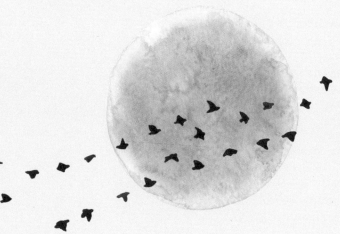

힘들 땐 잠깐
쉬었다 가도 괜찮아

초판 1쇄 인쇄 2020년 8월 24일
초판 1쇄 발행 2020년 9월 10일

지은이 | 김옥림
펴낸이 | 임종관
펴낸곳 | 미래북
편   집 | 음정미
본문 디자인 | 디자인 [연:우]
등록 | 제 302-2003-000026호
본사 | 서울특별시 용산구 효창원로 64길 43-6 (효창동 4층)
영업부 | 경기도 고양시 덕양구 화정로 65 한화오벨리스크 1901호
전화 02)738-1227(대) | 팩스 02)738-1228
이메일 miraebook@hotmail.com

ISBN 979-11-88794-64-5   (03800)